근 손실은 곧 빵 손실이니까

- 일부 외래어 표기는 통상적으로 사용하는 입말에 따라 표기했습니다.

근 손실은 곧 빵 손실이니까

정연주

;

고백하자면 저는 바게트를 좋아하지 않'았'습니다. 딱딱하고 질기고 입천장만 까슬해지고…. 기껏해야 감바스에 곁들여 먹을 때 아니면 굳이 바게트를 사먹는 일이 없었어요. 세상에는 바게트 말고도 맛있는 빵이 정말 많으니까요.

그런데, 원고를 읽는 순간 궁금해지지 않을 수가 없었습니다. 대체 바게트가 뭐길래 이렇게까지 진심일까. 내가 모르는 어떤 맛과 매력이 있길래 바게트를 직접 구워 먹는 경지에까지 이른 것일까. 호기심에 이끌려 바게트를 사 먹기 시작한 게 한 번, 두 번, 세 번… 열 번, 스무 번…. 그렇습니다. 어느 순간 저는 바게트의 매력에 푹 빠지고 말았어요. "바삭하고 고소하고 쫀득하고 말랑하고 향긋하고 예쁘고, 아무튼 좋은 건 혼자 다 하는 바게트"에 말이죠.

'바게트 빌런'을 자처하는 저자가 보여주는 바게트 세상은, 바게트가 지닌 갈색의 그라데이션만큼이나 다채롭습니다. 프랑스 파리에서 새삼스럽게 사랑에 빠진 바게트에 대한 예찬을 시작으로 바게트를 직접 반죽하고 굽는 것도 모자라 급기야 맥반석(?)까지 사는, 그야말로 맛있는 바게트를 먹기 위한 기상천외하고 웃픈 여정이 펼쳐집니다.

맛 표현은 또 어떤가요. 요리 잡지 기자 출신이자 현(現) 푸드 에디터, 요리책 전문 번역가답게 마치 눈앞에서 갓 구워진 바게트가 고소한 향을 내뿜는 듯 절로 군침이 돕니다. 당장 파리로 날아가고 싶은, 따끈한 바게트를 와사삭 베어 물고 싶은 마음이 빵빵 솟아나요. 이 책과 바게트를 들고 피크닉을 떠날 날을 꿈꾸며 바게트 맛집과 각종 치즈와 스프레드를 검색하고 있으니, 이쯤 되면 저도 바게트와 사랑에 빠진 거겠죠…?

바게트를 반죽할 체력이 넘쳐나는, 끼니마다 빵을 먹을 수 있는 할머니를 꿈꾸는 귀여운 빵 사랑에 감동한 저는 저자를 무작정 응원하기로 했습니다. 근육도 빵빵하게 키우고 혈당도 낮추고 장도 튼튼히 해서 바게트를 사서도 먹고 구워도 먹고 샌드위치로도 먹고 수프에 담가도 먹으며 원 없이 즐기기를요. 빵과 함께 살아가려면, 정말로 운동이 필요하니까요.

어느덧 바게트를 좋아하게 된 저 역시 주먹 불끈 쥐고 다짐해봅니다. "근 손실은 곧 빵 손실이니까, 꾸준히 운동해야겠다!"고요.

Editor 황유라

차례

아무튼 좋은 건 혼자 다 하는

교실 한쪽 귀퉁이에서 먼지 쌓인 학급문고를 뒤적이며 시간을 보내던 어린 시절의 내가, 부모님에게 가장 자주 들은 소리는 "아는 게 많아서 먹고 싶은 것도 많겠다."였다. 예나 지금이나 영미 소녀 문학에 등장하는 달콤한 먹거리에 대한 낭만을 품고 살긴 하지만 딱히 소리 내어 떠든 적은 없고, 심지어 입이 상당히 짧은 아이였는데 어째서 그런 말을 들었는지는 알 수 없다. 하지만 '아는 게 많아서 먹고 싶은 것도 많은' 직업을 갖고 살고 있으니 나름 찰떡 같은 예언이었던 셈이다.

나는 여러 음식을 좋아하고 많은 식재료를 사랑한다. 예컨대 무화과 한 바구니만 있으면 껍질을 쓸고 향기를 맡고 반으로 잘라 접시에 얹어 그림을 그리고 일단 두어 개를 껍질째 먹어치운 다음, 잘라서 먹고 치즈와 꿀을 얹어서 먹고 구워서 아이스크림과 함께 먹을 수 있다. 말린 무화과가 있다면 무얼 만들어 먹을까 궁리하면서 온종일 보낼 수 있다.

그러니 내내 먹는 생각만 하며 파리 여행을 떠났을 때 내가 얼마나 신이 났을지 짐작할 수 있을 것이다. 승무원이 내민 바구니에서 껍질 양쪽으로 프랑스 국기의 삼색 줄무늬가 그려진 분홍색 사탕을 집어 들면서, 앞으로 열흘간 오로지 내 위장 말고는 그 무엇과도 타협하지 않겠다고 다짐했다. 여분의 위장을 챙길 수만 있다면 얼마든지 그러고 싶었다. 이미 내가 사랑에 빠져 있는 프랑스의 음식이, 식재료가, 아름다움이 너무나 많았기 때문이다.

10년 전, 팔자에 맞지 않는 고시생활을 때려치우고 음식에 대한 글을 쓰는 사람이 되기로 결심했다. 법서에 파묻혀 있을 때는 몰랐는데 실로 무채색이던 인생에 비로소 다채로운 색이 물드는 순간이었다. 그런데 음식에 대한 글을 제대로 쓰려면 어떻게 해야 하지? 일단 배우고 알아야 정확하고 맛있게 쓸 수 있지 않을까? 그런 생각으로 르 꼬르동 블루 숙명 아카데미[*]에 발을 들였다. 서양 요리, 특히 파인 다이닝의 근간은 프랑스 요리와 셰프 문화로 이루어져 있으니까.

[*] 120년 전통의 프랑스 요리학교 르 꼬르동 블루의 한국 공식 캠퍼스.

나는 모든 프랑스 음식과 사랑에 빠지고 말
았다. 이후 요리 잡지 기자 생활을 거쳐 프리랜서
로 자리 잡기까지 프랑스 음식에 대한 특별한 감정
은 식은 적이 없으니 당연히 파리에서 먹고 싶은 음
식도 산더미였다. 노천 카페에서 카페 구르망(cafe
gourmand)•을 먹고, 미슐랭 레스토랑은 클래식한 곳
과 네오 비스트로(neo bistro)••를 하나씩 예약하고,
지베르니 마을에 갈 때는 간식으로 피낭시에를 챙길
것이다. 쇼콜라티에와 프로마주리를 구경하고 끼니
마다 와인을 마실 것이다. 그런 상상으로 마음이 부
풀었다.

그런데 파리에서 먹는 시간을 순전히 만끽할 것
이라는 데에는 의심 한 점 없었지만, 이미 알고 있는
음식으로 새삼스럽게 눈이 번쩍 뜨일 거라고는 전혀
생각하지 못했다. 이미 애정이 충만하다고 자부했으
니까! 하지만 진부하게도 사랑이란 일절 계획도 없
던 순간에 갑자기 훅 치고 들어오는 존재였다. 그렇

• 에스프레소에 다양한 미니 디저트가 함께 나오는 메뉴.
•• 비교적 낮은 가격에 참신한 메뉴, 편안한 분위기를 갖춘 새로
운 프랑스 레스토랑 스타일.

다. 놀랍게도 파리에서 느닷없이 새로운 사랑에 빠진 것이다. 바삭하고 고소하고 쫀득하고 말랑하고 향긋하고 예쁘고, 아무튼 좋은 건 혼자 다 하는 바게트에.

1일 1바게트

샤를 드 골 공항에 내리니 은방울꽃을 손에 든 막내 고모가 나를 기다리고 있었다. 고모는 일흔을 넘긴 연세에도 나보다 잘 걷고, 나보다 잘 먹고, 나만큼 호기심이 넘치는 이번 파리 여행의 탁월한 메이트다. 혼자 다닐 때보다 두 배로 음식을 주문하고 맛에 대한 대화를 나눌 수 있게 해줄, 말하자면 나의 예비용 위장 겸 두뇌라고 할까? 소화기관 능력을 외주 맡겼다고 할 수 있겠다.

여행을 떠나기 전 계획을 세울 때부터 이미 먹고 싶고 또 먹어야 할 음식 목록이 먹을 수 있는 끼니 수를 넘어서는 사태는 워낙 자주 발생해서 더 이상 나를 당황시키지도 않는다. 파리 여행 또한 예외가 아니었다. 여행 전 '현생'이 나를 힘들게 할 때마다 목록은 점점 길어졌다. '슈(choux)' 카테고리에 들어 있는 메뉴만 여섯 개였으니 말 다 했지.

그 목록에 바게트가 있었을까? 당연히 있었다. 모 기업 베이커리는 차치하고서라도 파리 하면 일단 바게트 아닌가. 비스트로든 레스토랑이든 어디든 들어가면 빵이 바구니째 나온다. 대체로 바게트보다는 프랑스의 흔한 식사빵인 천연발효빵(pain au levain)

또는 시골빵(pain de campagne)이지만, 여하튼 빵을 계속 먹게 된다는 이야기다. 순두부찌개를 시키면 공깃밥이 함께 나올 거라고 예상하는 것과 비슷한 정도이지 않을까? 말이야 그렇지, 한중일 국가로 여행을 오면서 '나는 맨밥을 꼭 먹어볼 테야!' 하고 결심하는 서양인이 얼마나 될까. 다니다 보면 저절로 먹게 되겠지.

바게트가 처음 손에 들어온 건 파리에 도착한 지 나흘째 되는 날이었다. 일부러 산 것이 아니다. 바게트가 알아서 내 손으로 들어왔다. 내가 묵은 호텔은 엘리제궁 바로 옆에 자리하고 있었고, 호텔 바로 건너편 골목 끝에 '에릭 카이저' 블랑제리가 있었다. 예상치 못한 순간에 문이 닫혀 있는 일이 정말 많은 파리 상점 중에서도 그나마 빨리, 오래, 자주 열어서 호텔로 돌아가기 전에 주전부리를 사기 딱 좋았다.

마침 그날은 토요일이라 다음 날인 일요일에 혹시라도 모든 상점이 문을 닫아 배를 곯게 될까 봐 간식을 사러 블랑제리에 들어갔다. 한참 고민하다 아삭한 당근 라페와 크림 소스에 졸인 닭 간 그리고 익힌 불거(bulgur)*를 들고 계산하니 웬걸, 바게트 반 개를 끼워주었다. 아마 그게 세트였던 모양인데 진열대에 적힌 프랑스어를 대충 읽은 채로 주문한 덕에 덤으로 받은 기분이었다.

앞으로 바게트의 수많은 장점에 대해서 이야기하겠지만 우선 시각적인 강점을 들자면, 예쁘다. 소위 '사진발'이 잘 받기로는 바게트만 한 것이 없다. 호텔방 창가에 서서 모래색과 짙은 갈색이 그라데이션을 이루는 아름다운 바게트 사진을 찍고 침대로 가면서 삐죽 튀어나온 껍질 부분을 투둑 뜯어 아무 생각 없이 입에 넣었다. 그리고 한입 바삭 씹는 순간 미처 두 번 씹을 생각도 못하고 방 안의 공기를 모두 들이마실 기세로 "히이익!" 소리를 냈다. 폐를 가득 채운 바게트 향 공기를 모두 내뱉으면서 옆 침대에서 짐을 정리하던 막내 고모에게 던지듯이 바게트를 내밀었다.

●   통밀을 쪄서 빻은 것.

"고모, 이거 당장 드셔야 해요. 큰일 났어요."

한시도 가만히 있지 않고 짐을 정리하던 고모는 어리둥절한 표정으로 바게트를 조금 뜯어서 입으로 가져갔다. 그리고 10분 후, 바게트는 호텔방에서 종적을 감추었다. 헉 소리 나게 맛있다는 게 이런 거겠지? 그 후로 파리 여행이 끝날 때까지 우리의 하루는 매일같이 "일단 바게트는 어디서 살 건데?"로 시작되었다.

빵 껍질은 이른바 캐러멜화, 마이야르 반응이 가장 강하게 일어난 부분으로 당연히 맛 성분이 제일 많은 맛있는 부분이다. 하지만 나는 원래 부드러운 빵 속살을 좋아한다. 백 살까지 거뜬할 턱이 없는 부실한 치아와 입천장을 공격하는 빵 껍질은 그다지 반기지 않는다. 아무도 보지 않으면 속만 파먹고 껍질은 슬쩍 남기면서, 편식해도 혼나지 않는 어른이 되어 다행이라고 생각하기도 한다. 대충 만든 바게트는 보통 껍질이 충분히 바삭해지지 못해서 허여멀건하고, 고소한 향 대신 밀가루 냄새가 나면서 질기기 마련이다. 게다가 빵 속살은 수분이 부족해 퍼석

해서 차라리 딱딱한 마늘빵으로 만들어서 입천장을 갈기갈기 찢어가며 먹는 게 나을 정도다.

하지만 정통 바게트는 다르다. 얄푸레한 얼음판이 파사삭 금이 가며 부서지듯이, 크렘 브륄레의 설탕 켜를 살짝 누르면 투두둑 갈라지듯이, 바게트도 손에 잡으면 껍질이 파사삭 부서지고 향이 난다. 원래 바게트에서 제일 맛있는 부분은 양쪽 끄트머리 '키뇽(quignon)'이라고 한다. 보통 바게트를 사 오는 심부름을 담당하는 사람의 몫이라 집에 도착할 때즈음이면 양 끝이 이미 사라지고 없다는데, 정말 그렇다면 빵 껍질 혐오자인 나도 바게트 심부름만큼은 도맡을 생각이다.

그렇다고 속살이 껍질만 못하냐 하면, 절대 그렇지 않다. 껍질의 투둑투둑 갈라진 부분에서도 엿볼 수 있듯이 바게트 속살에는 특유의 기공이 멋들어지게 살아 있다. 기공이 작고 조밀해서 보기보다 묵직해야 잘 만든 것인 빵도 있지만, 바게트는 길쭉한 모양새에 비해 생각보다 가볍다. 칼로 써는 대신 무심하게 손으로 잡아 뜯으면 부드러우면서 졸깃졸깃해서 그야말로 '야들야들한' 속살이 껍질 따라 가볍게 늘어나다 툭 끊어진다. 담백하면서 고소하고 속살은 혀에 착착 감기고 껍질은 파삭파삭 씹힌다. 무념무상으로 반 덩이 정도는 순식간에 먹어치울 수 있다.

프랑스 요리란 무엇인가. 이 질문에 많은 셰프들은 식재료에서 최상의 맛을 이끌어내도록 조리하는 것이라고 답한다. 그 이유는 바게트를 맛보면 이해할 수 있다. 바게트를 만드는 재료는 밀가루와 물, 이스트, 소금, 그리고 가끔 몰트 정도이기 때문이다. 프랑스 마크롱 대통령은 이탈리아 나폴리 피자도 유네스코 인류무형문화유산에 이름을 올렸으니 바게트도 자격이 충분하다고 말했다는데, 정치적 견해는 둘째치고 납득할 만하다. 모양도 이름도 너무 익숙해서 전 세계 사람들이 잘 알고 있다고 생각하지만 현지에서 직접 맛보지 않으면 절대 깨달을 수 없을 단순함의 미학이 바게트에 존재한다.

그리하여 큰 충격을 받은 우리는 당연하다는 듯이 매일 바게트를 먹기로 했다. 파리에서 맛있는 바게트를 사는 것은 전혀 어려운 일이 아닌데, 1994년부터 열린 '파리 최고의 바게트 대회'●에서 매년 열 곳의 순위를 공개하기 때문이다. 1위를 거머쥔 블랑제리는 상당한 상금과 함께 1년간 엘리제궁에 바게트를 납품할 권한을 갖는다. 수상을 한 블랑제리가 특히 많이 몰려 있는 구가 있긴 하지만 어지간하면 그날 걸어 다닐 곳 주변에 ○○년도 ○위를 수상한 블랑제리가 하나 정도는 꼭 있다. 물론 없어도 찾아 내서 갔을 것이다.

심지어 바게트는 저렴하다. 1~2유로면 살 수 있다. 우리나라도 공깃밥 가격을 1,000원 이상 받는 일은 드물지 않나?

●　라 메이어 바게트 드 파리(La Meilleure Baguette de Paris). 말 그대로 파리 최고의 바게트라는 뜻이다. 대회에서 정한 바게트의 기준은 길이 55~65cm, 무게 250~300g.

하루 세 번, 지금 나가야 해요

바게트는 패션 아이템이라고 해도 무방하다. 당신이 무슨 옷을 입고 어떤 가방을 들고 거리를 걸어다니든 바게트는 잘 어울린다. 자전거 바구니에 꽂고 달려도 어울린다. 베레모를 쓰고 줄무늬 셔츠를 입고 무심한 듯 옆구리에 바게트를 끼워주어야 파리지앵 패션을 완성했다고 할 수 있을 것이다. 실제로 파리 거리에서는 바게트를 안고 다니는 사람을 심심찮게 볼 수 있다.

꼭 바게트가 아니더라도 빵을 들고 다니는 사람이 꽤 있다. 한번은 횡단보도 건너편에서 종이 냅킨에 싼 크루아상을 한 손에 소중하게 들고 걸어오는 훤칠한 프랑스 남성을 봤다. 빵을 비닐이든 종이든 봉투에 담지 않고 하나만 냅킨에 싸서 들고 다닌다는 것은, 손을 쓸 일이 생기기 전에 입에 넣을 생각이라는 것 외에 다른 해석의 여지가 없지 않을까? 술잔의 술이 식기 전에 적장의 목을 베고 돌아오는 관우도 아니고, 켜켜이 들어간 버터의 기름 자국이 냅킨에 배어들기도 전에 길거리에서 크루아상을 와삭와삭 해치우는 사람이라니. 그리고 그곳이 파리 한가운데라니. 그보다 잘 어울릴 수가 없다.

파리에서도 특히 무심하게 바게트를 사서 손에 들거나 옆구리에 끼거나 가방에 넣어 다니는 광경이 찰떡같이 어울리는 곳이 있다면? 바로 활기차고 아름다운 농산물 시장, 마르셰다. 그것도 일요일의 마르셰. 우리나라와 일본의 장바구니에 대파가 삐죽 튀어나와 있듯이 서양의 장바구니, 갈색 종이봉투에는 대개 바게트가 들어 있다. 특히 마르셰에서는 셀러리 이파리와 바게트 끄트머리가 툭 튀어나온 장바구니를 들고 다니는 사람을 한 걸음마다 볼 수 있다.

나는 원래 여행을 가면 거의, 절대 요리를 하지 않는다. 과일도 가능하면 복숭아나 체리처럼 깎지 않고 씻어서 바로 입에 넣을 수 있는 종류를 선호한다. 내 입에 들어가는 음식은 최대한 외주를 맡겨 전문가의 솜씨를 즐기고 나는 여유를 부리는 것이 휴가라고 생각하니까. 하지만 마트, 식료품점, 농산물 시장을 구경하는 것은 완전히 다른 문제다. 우리나라에도 있으니 놀라울 것 없다고 생각한 채소가 전혀 다른 모양과 색을 띠고 수북하게 쌓여 있는 모습을 봐야 여행 중이라는 실감이 난다.

파리 여행을 준비할 때도 당연히 마르셰에 가고 싶었다. 다만 나는 걸음이 빠르고 신속하게 구경하는 스타일이라 느긋하게 둘러보려면 차라리 현지인 가이드 투어를 신청하는 쪽이 나을 것 같았다. 그런데 시장만 둘러보는 투어는 앤티크 물건을 주로 판매하는 벼룩시장뿐이고, 마르셰를 가나 싶으면 죄다 쿠킹 클래스가 포함되어 있었다. 아니야. 나는 농산물만 구경하고 주는 대로 먹기만 하고 싶은걸? 그래서 미국 사이트를 뒤져 현지인 가이드와 함께 파리 12구 알리그르 마르셰를 구경하는 마켓 투어를 신청했다. 그리고 투어 당일, 미국인 노부부 다섯 팀과 함께 아주 느릿하고 한가로운 속도로 마르셰를 구경하게 되었다.

강제로 얻은 여유로운 속도도 만족스러웠지만, 마켓 투어의 가장 큰 수확은 마르셰의 구석구석을 지그재그로 활보하며 구경할 수 있다는 점이었다. 혼자 갔으면 입구에서부터 산더미처럼 쌓여 있는 감자의 매끈매끈한 껍질에 매료되어 일직선으로 오가기 바빴을 텐데, 가이드는 우선 길 양쪽으로 길게 늘어선 농산물 좌판대 뒤쪽으로 우리를 안내했다. 천

막 뒤로는 평범한 상점이 들어선 건물이 줄을 이었는데, 처음 발을 들인 곳은 어째서인지 비린내가 거의 나지 않는 생선 가게 옆에서 바쁘게 에스프레소를 들이켜는 사람으로 붐비는 카페였다.

가이드가 주문한 에스프레소의 쌉싸름한 맛으로 졸음기를 싹 날린 후 본격적으로 마르셰 거리를 걷기 시작했다. 좌판에는 다채로운 색과 맛이 가득했다. 줄기에 어떻게 달려 있을 수 있는지 궁금할 정도로 우락부락하게 생긴 색색깔 초대형 토마토, 이파리가 시금치만큼 커다란 민트 다발, 라푼젤의 어머니가 임신 중에 훔쳐서라도 먹고 싶어 한 마음이 이해될 만큼 나긋나긋해 보이는 노란 상추까지. 오늘 사서 물에 꽂아두면 한국으로 돌아갈 즈음에 화사하게 피어날 것 같은 주먹만 한 봉오리 작약도 한가득했다. 나는 모든 광경을 눈에 담으려고 애쓰면서 정신없이 사진을 찍고, 가이드가 건네는 페리고르산 딸기를 맛보면서, 부러움이 뚝뚝 흐르는 눈길로 허브 화분을 관찰했다.

사실 처음 투어 인원이 모인 장소는 마르셰가

열리는 곳에서 두 블록 떨어진 한 블랑제리 옆이었다. 전날 가이드가 알려준 주소를 찾아보니 불과 1년 전 '파리 최고의 바게트 대회'에서 순위권에 이름을 올린 블랑제리였다. 투어가 끝나면 거기서 바게트를 살 생각이었는데, 가이드는 모든 인원이 모이자 바로 우리를 블랑제리로 안내했다. 그리고 바게트가 아닌 커다랗고 바삭하고 버터 향이 물씬 풍기는 크루아상을 건넸다. 물론 맛있었지만 약간 당황했다. 바게트가 유명한 집이 아니었어?

밖으로 나와 함께 길을 건너며 가이드가 설명을 이어갔다. "파리에서는 하루 세 번, 블랑제리 앞에 길게 줄이 늘어선다. 오븐에서 갓 구운 빵이 제 모습을 드러내는 시간이다. 이 빵집에서는 바게트만, 저 빵집에서는 크루아상만 산다. 어디가 무엇이 제일 맛있는지 우리는 알고 있다." 여기까지 설명하고 나서 마르셰 입구에서 가장 가까운 블랑제리 앞에 잠시 멈춘 다음, 갓 구운 바게트를 세 개나 안고 나와 우리에게 만져보라고 했다. 순간 뭘 느껴야 하는지 몰라 당황했지만 바게트에 손을 대자마자 알 수 있었다. 따끈해! 수박처럼 통통 두드려보고 싶어! 속살 기공의 울림통을 느끼고 싶어!

　바게트를 먹고 싶어서 이제나저제나 기대하는 우리를 끌고 이곳저곳 돌아다닌 가이드는 상설 시장이 열리는 건물의 맥주 가게로 들어갔다. 그리고 프랑스에서 양조한 맥주를 작은 와인잔에 인원수대로 따른 다음 스위스 군용 칼을 척 펼치고 바게트를 잡아 뜯듯이 쓱쓱 잘라서 치즈보드와 함께 내밀었다. 와, 내가 와인잔에 부은 맥주와 함께 군용 칼로 뜯어낸 바게트를 먹게 될 줄은 몰랐지. 하긴, 어제까지만 해도 느닷없이 바게트를 사랑하게 될 줄도 몰랐구나. 무언으로 납득하며 치즈를 얹은 바게트와 함께 들이켠 맥주는 끝내줬다.

　투어가 끝나갈 무렵, 가이드는 현지인만 안다는 와인바로 우리를 안내했다. 가게 전면에 쌓인 오크통에서 라벨 하나 없는 병에 와인을 따라 안주와 즐기는 정체성 확고한 와인바였는데도 대낮부터 안쪽 좌석은 꽉 차 있었고, 손님 연령대가 얼마나 다양한지 심지어 아기 울음소리도 들렸다. 오크통으로 만든 테이블을 가운데 두고 투어 인원이 둘러서서 리

예트(rillettes)*를 바르고 코르니숑(cornichon)**을 얹은 바게트와 함께 론 와인을 마시기 시작했을 때, 미국에서 크게 사업 중이라는 한 미국인 아저씨가 가이드에게 질문을 던졌다.

"파리처럼 전 세계인이 모이는 관광지는 그만한 규모로 굴러간다고 생각했는데, 막상 다녀 보니 이곳처럼 현지인만 알음알음 다니거나 영업시간도 들쭉날쭉한 곳이 많더군요. 대체 이런 가게는 어떻게 돈을 버는 거죠?"

사업가의 시선에서 볼 때 장사를 하면서 돈을 많이 벌려면 가게를 널리 알리고 관광객도 들끓어야 하는데, 툭하면 문을 닫기 일쑤고 관광객보다 현지인을 더 반기는 듯한 가게가 많으니 잘 이해되지 않는 듯했다. 가이드는 대개 프랑스인은 동네의 좋은 가게를 아끼기 때문에 가족 모두가 단골이 되어서 오랫동안 즐겨 다니곤 하며, 그것만으로도 가게를 이어가기에 충분하다고 설명했지만 미국인 아저

---

* 돼지고기 혹은 오리고기, 닭고기와 같은 고기를 지방과 함께 열을 가해 만든 프랑스의 스프레드.
** 프랑스식 오이 피클.

씨는 납득이 가지 않는 눈치였다. 조금 당황스러운 감이 있었지만 어느 정도 공감이 갔다. 사실 나는 외국처럼 휴가를 오래, 당연히 가는 문화가 정착되어야 한다고 굳게 믿는 사람인데 그래도 역시 한국에 살면 편리하다는 것을 프랑스에서 깨달았으니까. 하필 샤를 드 골 공항에 도착한 날이 5월 1일 노동절이었던 것이다. 일요일에 집 밖에서 식사하는 사람 따위 없다는 듯이 상점이라는 상점은 모조리 문을 닫는데, 하물며 노동절에 일하는 사람이 있을 리가 없었다. (물론 실제로 그렇지는 않았다. 파리 날리는 모습이긴 했지만 피자 가게는 영업 중이었다.) 심지어 공항 인포메이션 센터도 문을 닫았다. 물 한 병 사려고 해도 편의점의 셔터가 죄다 내려져 있었다.

다만 투어 중에 정말 부러운 점이 있었다면 하루 세 번 바게트가 나오는 시간에 맞춰 블랑제리에 줄을 설 수 있다는 것이었다. 어쨌든 일하다 말고 지금 당장 바게트를 사야 한다는 이유로 밖에 나갈 수 있는 사회적 합의가 있어야 가능한 일이지 않은가. 이는 어쩌면 가게와 단골손님이 서로를 아끼며 공존하는 것으로 충분한 세상과 일맥상통하는지도 모른다.

내가 다니던 회사는 어땠을까. 회사 근처에 정해진 시간에 맛있는 빵을 내는 빵집이 있던 것은 아니라서 그 핑계로 나가도 괜찮았을지는 경험해보지 않아 모르겠다. 하지만 갑자기 찬 바람이 훅 불어온 11월 즈음, 사무실에 있던 사람들이 동시에 순댓국을 떠올린 날이 있었다. 누구든 새로운 사람이 들어오면 순대는 먹냐 고수는 먹냐 미주알고주알 음식 취향을 캐내는 곳이니만큼, 이런 날이면 회사 주변의 많은 사람들도 순댓국을 먹을 것이라는 사실을 알고 있었다. 그래서 그날 우리는 회사 근처의 인기 순댓국집에 줄을 서지 않고 들어갈 수 있도록 점심시간을 30분 당기는 데 만장일치로 합의했다. 그런 사람들이었으니까, 아마 맛있는 바게트가 나오는 시간이라 잠시 다녀오겠다고 해도 충분히 괜찮지 않았을까?

빵 바구니를 산다고
인생이 바뀌지는 않겠지만

파리의 건물은 영화 세트장 같다. 시내를 걸어다니는 내내, 그리고 호텔방에서 건너편 옥탑방 창가에 주기적으로 나와 담배를 피우는 깡마른 여인을 볼 때마다 그렇게 생각했다. 한 블록을 거의 차지하는 건물, 비슷한 높이와 일정한 간격으로 늘어선 창문, 커다란 대문 하나. 파트리크 쥐스킨트의 소설 『향수』를 원작으로 한 영화에서 같은 높이의 건물 사이에 끼어 있는 작은 건축물이 통째로 폭삭 내려앉는 장면이 머릿속에 자꾸 되살아났다. 빌라도 아니고 아파트도 아니고, 어디서부터 어디까지가 집일까. 순수한 관광객인 나는 건물 구조가 어떻게 되어 있는지 궁금했다.

나와 함께 파리를 여행한 막내 고모는 그 옛날에 서른을 넘긴 이후 미국으로 건너가 완전히 새로운 분야에서 일을 시작해 칠십대인 지금까지 현역인 비혼 커리어우먼이다. 고모의 멋진 일대기는 풀어놓기 시작하면 꼬박 3박 4일을 채울 수 있으니, 일단 미국으로 가기 전까지 한국에서 초등학교 교사로 일했다는 점만 말해두자.

고모에게 파리 여행을 가자고 제안한 이후 우리

는 반나절 투어와 식당 예약 계획을 짜면서 내내 메일을 주고받았다. 그러다 고모가 파리에 거주하는 옛 제자로부터 식사 초대를 받았다는 연락을 전해왔다. 프랑스인과 결혼해 현지에서 아들과 함께 살고 있는데, 집으로 초대해서 같이 식사하고 다음 날 함께 관광하고 싶다는 내용이었다. 내가 이런 기회를 놓칠 리가 없잖아? 염치 불고하고 한 끼만 좀 얻어먹겠습니다.

그렇게 제자분의 집 앞에 도착했다. 드디어 파리의 건물이 나에게 문을 열어주는 순간이었다! 거대한 대문을 열고 들어가자 자그마한 콘크리트 안뜰이 보였다. 그러니까 개별 집이 있는 사각형 건물이 가운데 안뜰을 감싸고 있는 네모난 도넛 형태였다. 아니, 이건 요새잖아? 집으로 들어가는 계단은 안뜰에서 이어지는 거였구나. 미스터리가 풀렸어.
　　저녁 식사는 물 흐르듯이 맛있고 즐거운 시간으로 이어졌다. 색색의 체크무늬 담요를 깐 소파에 앉아 와인과 육포를 대접받고, 건축가 부부의 손길이 닿은 집을 구경하고 나자 콤비 재킷을 걸친 남편분이 앞치마를 입고 스테이크를 굽기 시작했다. 그리고 레이스 무늬의 푸른 접시에 아스파라거스와 두껍게 썬 노란 알감자, 안창살로 보이는 결이 굵은 스테이크를 담아 차려냈다. 단골 정육점에서 오늘 저녁에 손님을 초대했다 설명하고 사 온 고기라고 했다. 와인을 마시고, 치즈를 먹고, 화이트 와인에 시나몬 스틱과 함께 조린 배를 먹으면서 이 동네에서 가장 맛있는 진저브레드를 파는 빵집에 대한 이야기를 들었다. 그리고 이 시간 내내 식탁에 빵 바구니가 올라와 있었다.

그 빵 바구니는 뭐랄까, 아주 단순한 형태였다. 빳빳한 광목천으로 된 주머니여서 입구를 바깥쪽으로 훌쩍 뒤집으면 바구니 모양이 되었다. 남편분은 오늘 사 온 바게트를 덥석 집어 들고는 빵 바구니 위에서 과도 크기의 빵 칼로 슥슥 썰어 바구니에 담았다. 도마고 뭐고 없이 공중에서 바게트를 썬다고 해야 할까, 자른다고 해야 할까, 거의 뜯어내는 수준이었다. 갓 구워서 껍질이 바삭바삭하지만 단단하고 질기지는 않은 바게트가 저항 없이 술술 뜯겨서 바구니 속으로 뚝뚝 떨어졌다. 나중에 알았지만 그때 고모와 나는 같은 생각을 했다.

'저 빵 바구니, 갖고 싶어!'

우리 집에 있는 '빵 보관함'은 두 가지다. 하나는 둥근 나무판 위에 유리 돔을 씌워서 공기를 거의 차단하지만 들어 있는 빵은 잘 보이는 형태다. 다른 하나는 템파보드 덮개를 드르륵 올리고 내려서 안에 들어 있는 빵이 보이지 않게 수납하는 서랍형이다. 둘 다 오늘 다 먹지 못하고 남은 빵을 보관하는 제품이라는 공통점이 있다.

하지만 저 바구니는 다르잖아. 빵을 넣어두고 묵히는 용도가 아니고, 오늘 사 온 빵이 가장 맛있을 때 담아놓고 순식간에 바닥을 보이면 빵가루만 툭툭 털어내고 다시 접어두는 바구니. 빵을 사고 먹는 스타일이 다르니까 사용하는 빵 보관함도 다른 것이겠지. 나도 오늘 제일 신선하고 스테이크로 굽기 좋은 부위가 어떤 것인지 골라주는 단골 정육점을 갖고 싶다. 진저브레드가 제일 맛있는 빵집이 강 건너에 있는 곳인지 공원 너머에 있는 곳인지 진지하게 토론하는 분위기가 부럽다.

빵 바구니를 산다고 내 인생이 확 바뀌지는 않겠지만, 그래도 그걸 잘 쓰고 싶어서라도 비슷한 분위기를 내면서 살려고 노력하지 않을까? 원래 여행 기념품은 그런 희망을 갖고 사는 것이니까. 이 향신료를 사면 나도 맛있는 프랑스 요리를 만들 수 있을 거야. 이 옷을 입으면 나도 파리지앵처럼 보일 거야. 미니 에펠탑 모형을 책상에 두면 그때의 기분을 잊지 않을 수 있을 거야.

결론만 말하자면 빵 바구니는 구하지 못했다. 너무 예뻐서 갖고 싶다고 말했더니 고모의 제자분이 뿌듯한 표정으로 구입처를 알려주었지만, 그 가게에도 매일 있는 제품은 아니었다. 아니, 진짜 단순하게 생겼는데 만들 수도 있지 않을까? 아, 근데 나는 재봉틀을 못 다루지. 그렇다고 빵 바구니를 갖겠다고 재봉틀 사용법을 배울 수는 없잖아. 그냥 파리에 다시 가서 똑같은 바구니를 구할 때까지 하염없이 머무르고 싶다. 매일매일 바게트를 뜯어 먹으면서.

프랑스어 공부해야겠다

파리에 머무르는 동안 프랑스어 잘한다는 칭찬을 여러 번 받았다. 언제? 계산서 달라고 할 때. "라디시옹, 실 부 플레(L'addition, s'il vous plaît)."라고만 하면 "아이고, 너 프랑스어 정말 잘한다." 하면서 계산서를 어찌나 냉큼 가져다주는지. 돈 버는 언어는 어렵고 돈 쓰는 언어는 쉽다는 말이 있는데 더없이 정확하게 해당하는 셈이다.

나로 말할 것 같으면 내가 번역한 책을 내가 제일 재미있게 읽는 번역가다. 항상 좋은 책만 맡겨주셔서 당연한 일이겠지만, 구석구석 맛있는 레시피와 팁, 정보가 가득한 요리책을 한 줄 한 줄 번역하면서 읽다 보면 사랑에 빠지지 않을 수가 없다. 이 책은 준비 과정을 정말 꼼꼼하게 설명하는구나, 이 책은 자유로운 재료 활용을 중요하게 생각하는구나, 이 레시피 하나만으로도 이 책은 살 가치가 있겠다, 하면서. 인쇄된 실물 책을 손에 들 때도 같은 감동에 빠진다. 내가 이 책을 번역했어! 모두 이 맛있는 내용을 봐주면 좋겠다!

그런 나의 주요 번역 분야는 당연히 요리, 주 종

목(?) 언어는 영어와 일본어다. 언어 실력이 느는 데에는 '덕질'이 한몫했다. 영어는 『해리 포터』 번역서가 나올 때까지 기다리질 못해서 사전을 끼고 읽다가 늘었다. 일본어는 한참 애니메이션 성우에 빠져서 눈만 뜨면 이어폰을 귀에 꽂고 살았던 한 달 사이 갑자기 귀가 트였다.

그래서 나는 내가 '언어 공부'를 잘하는 줄 알았다. 직업에 관한 문제니까 명예를 걸고 이야기하자면 '언어'는 잘한다. 언어 '공부'를 못하는 것이다. 어떻게 알았냐면, 근 20년째 프랑스어 공부에 실패하고 있다. 고등학생 때 제2외국어로 프랑스어를 선택했지만 실력을 키우지 못했다. 그리고 10년 전 요리 학교에 들어가면서 다시 프랑스어 공부를 시작했는데 여전히 내 실력은 관광 책자에 실린 '식당에서 주문하기' 이상을 벗어나지 못하고 있다. "안녕하세요, 저는 한국인입니다." "바게트 하나 주세요." "맛있어요." "계산서 주세요." 다행이라고 해야 할까. 요리와 식재료 이름은 학교를 다닌 덕에 잘 아는 편이라 메뉴판을 읽는 데에는 별다른 문제가 없다.

솔직히 메뉴판을 읽을 수 있으면 파리에서 밥은

먹고 다닐 수 있다. 대충 가리키고 읽고 손가락으로 표시해가면서 주문하고 돈만 내면 대체로 어떻게든 되니까. 하지만 이곳에서만은 현지인만큼 유창한 불어를 할 수 있으면 좋겠다고 간절히 바라게 되는 가게가 있었으니, 바로 '프로마주리'다.

'프로마주(fromage)'는 프랑스어로 치즈. 그러니까 프로마주리는 치즈 가게다. 한 가지 음식만 주 종목으로 삼는 전문점은 푸디의 마음을 설레게 하기 마련인데, 안 그래도 바게트에 정신을 놓은 나는 빵과 찰떡궁합인 치즈 천국일 게 틀림없는 치즈 가게에 너무도 간절히 가보고 싶었다. 문제는 단순히 방문을 원하는 게 아니라는 것이었다. 어느 지역의 어떤 치즈를 취급하는지, 이 치즈와 저 치즈의 차이점은 무엇인지, 내 취향은 이러저러한데 그렇다면 어떤 치즈를 추천하는지, 내 취향과 상관없이 추천하고 싶은 오늘의 치즈가 있는지 눈을 빛내면서 시시콜콜 물어보고 싶었다. 파리에서 의외로 잘 통하지 않는 영어 말고, 제대로 된 프랑스어로.

하지만 영화 〈매트릭스〉처럼 누군가 뇌에 바로 프랑스어를 주입해주지 않는 이상 그게 될 리가 있

나. 반쯤 포기하고 그냥 있는 물건을 집어서 계산하면 되는 식료품점이나 가야 할 판이었다. 그게 나쁘다는 이야기는 절대 아니다. 파리의 르 봉 마르셰 백화점에는 엄청난 식품관인 라 그랑 에피세리가 있으니까. 굉장한 라인업의 파리 식료품이 화려하게 펼쳐진 런웨이 같은, 근데 이제 그 런웨이를 내가 걸으면서 살펴보는 그런 곳.

그런데 천만다행으로 기회가 찾아왔다. 앞서 방문한 고모 제자분의 집에서 '치즈 케이크'를 대접받은 것이다. 크림치즈를 넣어서 달콤하게 구운 진짜 치즈 케이크가 아니라, 빵집에서 파는 케이크 모양과 크기의 치즈 덩어리였다. 우리가 방문하기 이틀 전, 남편분의 고향에 방문했다가 그곳에서 미리 예약하고 사 온 것이라고 했다. 크림처럼 살살 녹는 치즈 맛에 반한 나는 내가 바라는 '완벽한 프로마주리'에 대한 이야기를 털어놓았다. 그러자 제자분이 흔쾌히 데려다주겠다는 것이 아닌가?

마침 다음 날 함께하기로 한 관광 코스에 제자분이 평소 다닌다는 시장이 포함되어 있었다. 파리 여행 중에 제일 신나는 날이었다. 랍스터만 한 왕새우가 얼음 위에 올라가 있고, 큼직한 관자는 오동통하니 윤기가 자르르 흐르고, 지금까지 본 것 중 제일 큰 아티초크 옆에 꼭지를 중심으로 커질 수 있는 만큼 최대한으로 부푼 울퉁불퉁한 토마토가 색색깔로 진열되어 있었다. 시장 곳곳을 돌아다니는 것만으로도 너무 재밌었다.

하지만 무엇보다 기다리던 프로마주리! 진열대 안에 가지각색 크기와 높이의 원통형 치즈가 베이지색 그라데이션을 보여주면서 빼곡하게 들어차 있고 한편에는 버터, 진열대 위에는 꿀이 놓여 있었다. 곰팡이가 핀 표면이 허옇게 쭈글쭈글한 치즈, 거뭇한 바탕에 흰 곰팡이가 무늬처럼 피어 있는 치즈, 웬 이파리가 한 잎 곱게 덮인 주황색 치즈, 필요한 만큼만 썰어서 파는 커다란 웨지 모양의 덩어리 치즈까지. 으아아, 너무 신나! 제자분이 가게 주인과 서로의 근황을 나누는 동안 연신 사진을 찍으면서 무슨 치즈를 어떻게 골라 달라고 해야 이 기회를 최대한 활용할 수 있을지 고민했다. 바게트 하나를 한 번에 먹어 치우기에 딱 알맞은 만큼이면 좋을 텐데.

그래서 뭘 골랐냐면, 바로 염소젖 치즈. 나는 원래 특유의 꼬릿한 냄새가 살짝 감도는 염소젖 치즈를 매우 좋아한다. 하지만 안 그래도 수입이 한정적인 프랑스 치즈인 데다 한국에서 쉽게 접할 수 있는 염소젖 치즈 종류는 한 손에 겨우 꼽을 정도다. 그것도 가공해서 피라미드 모양의 종이 상자나 원통형 비닐봉투에 포장된 상태로 판다. 나는 갓 만들어 신선한 풍미가 남아 있는 생 염소젖 치즈를 먹어보고 싶었다.

그래서 구구절절하게 설명했다. "저는 염소젖 치즈를 좋아합니다. 가능하면 생산한 지 얼마 되지 않은 신선한 것을 맛볼 수 있으면 좋겠어요. 그리고 냄새가 좀 나도 전혀 상관없으니 염소젖 치즈 중에서 추천해줄 만한 제품이 있을까요? 오늘 아니면 내일 전부 먹을 예정입니다." 물론 나는 또박또박 한국어로 설명했고 제자분이 유창하게 통역했다. 그렇게 프로마주리 주인이 공들여서 고른 염소젖 치즈 두 개를 손에 넣었다. 생치즈를 좋아하는 내 취향에 맞게 골라준 왁스지에 곱게 싼 흰색 껍질의 염소젖 치즈와 조금 더 숙성된 까만색 껍질의 염소젖 치즈, 그

리고 치즈 나이프. 숙소로 돌아가는 길에 당연히, 갓
구운 바게트까지.

　　호텔로 돌아와 우선 테이블 위에 바게트를 곱
게 올려놓고 치즈 껍질을 벗기기 시작했다. 겉도 속
도 하얀 신선한 염소젖 치즈는 껍질이 아주 부드럽
고 높이가 얼마 되지 않는 납작한 원반 모양이었다.
까만색 껍질의 숙성된 염소젖 치즈는 후추와 허브가
박혀 있고 조금 더 높은 크기에 이파리 하나가 싸여
있는 모양이었다. 맛은 정말 놀라울 정도로 달랐다.
둘 다 염소젖이라는 게 확실히 느껴질 만큼 꼬릿한
향이 났지만, 생치즈는 신선하고 순수한 풍미에 질
감이 되직한 크림에 가까울 정도로 부드러웠다. 까
만색 껍질 치즈는 꼬릿한 향이 조금 더 강하고 후추
의 풍미가 뚜렷했으며 살짝 포슬포슬 부서지는 질감
이었다.

　　음, 솔직히 내 취향대로 산 생치즈가 더 입맛
에 맞았다. 그게 너무 기뻤다. 내가 생각한 내 취향
과 입맛이 역시 정확했어! 한국에서는 신선한 염소
젖 치즈를 구할 수 없어 먹어본 적이 없었지만, 그래

도 본능적으로 알고 있었던 모양이다. 내 입엔 생치즈가 더 맞는다는 걸. 알프스 소녀 하이디가 마신 갓 짜낸 산양젖도 분명 내 취향이겠는데. 근데 그건 어디서 마셔보지. 프로마주리에 물어보면 알까? 아, 프랑스어 공부해야겠다.

나는야 선의의 바게트 빌런

그렇게 나는 마음속 한편에 바게트 파편이 박힌 채로 한국으로 돌아왔다. 내 마음은 바게트가 조종하고 있어. 이제 파리의 바게트를 먹기 전으로 돌아갈 수 없다. 그럼 어디서 제대로 된 바게트를 먹을 수 있지? 서울시 끝자락에 붙어 있는 우리 동네에는 변변한 베이커리도 없어서 바게트를 파는 곳이라고는 프랜차이즈 베이커리와 코스트코뿐이었다. 사실 코스트코에서 판매하는 크루아상은 프랑스에서 수입한 냉동 생지를 사용해서 그동안 크게 불만은 없었다. 하지만 바게트 구하기는 난도가 너무 높았다. 맛있는 바게트는 어디 가면 먹을 수 있는 것인가.

　　한동안 그야말로 '바게트 빌런'이 따로 없었다. 틈만 나면 바게트를 검색하고, 바게트와 함께 먹으면 맛있는 것들을 찾아 모으고, 사람만 만났다 하면 바게트 이야기를 했다. 직업상 원래 사람을 만나면 먹는 이야기를 하는 것이 일상이기는 하지만. 열흘간 업무를 정지하고 파리 여행을 떠났으니 다들 내 얼굴만 보면 알아서 한마디씩 물었다. "파리에 다녀오셨다면서요. 뭐가 제일 맛있었어요?" 그러면 이때다 싶어서 냉큼 바게트 이야기를 꺼냈다. "아니 저는 먹고 싶은 음식이 워낙 많아서 바게트까지 먹을 수 있을까 생각했는데, 먹어보니 파리의 바게트가 진짜 심하게 맛있더라고요."

그런데 신기하게도 파리와 바게트에 대해 이야기하면 누구나 순간적으로 눈이 반짝거렸다. 그러고는 저마다의 바게트 맛집을 술술 풀어놓았다. 그 눈을 보면 알 수 있었다. 아, 이 사람 마음속에도 바게트 파편이 박혀 있구나.

한동안 마치 등대마냥 마음속에 에펠탑을 품은 이들이 추천한 바게트 맛집을 찾아다녔다. 혼자서, 그리고 여럿이. 바게트케이, 소금집델리, 따팡, 르뱅룰즈. 굳이 홍대 쪽에서 미팅을 잡아 점심으로 화이트 와인에 잠봉뵈르를 먹고, 전화로 해도 되는 용건인데도 굳이 후배의 스튜디오를 찾아가서 짧게 대화를 나누고 바게트를 사서 돌아오는 식이었다.

절대 미리 잘라서 담는 법도 없었다. 바게트를 통째로 종류별로 구입해서 종이봉투에 삐쭉 튀어나오도록 담아 들면 만면에 미소가 떠날 줄 몰랐고, 바게트 심부름을 다녀온 아이처럼 끄트머리부터 일단 한입 베어 먹었다. 바게트는 그 껍질이 부서지는 순간이 매력이니까. 친한 지인들과 시작한 유튜브 채널 영상을 촬영하는 스튜디오 옆에도 프랑스인이 운영하는 바게트 맛집이 생겨서 갈 때마다 눈에 들어오는 페이스트리와 함께 바게트를 샀다. 그리고 파리에서 식사 자리에 초대한 고모 제자의 남편분이 그랬듯 허공에 바게트를 들고 숭덩숭덩 썰어서 버터를 발라 먹었다.

　서울을 떠도는 바게트 여정. 가볼 만한 바게트 맛집을 색색깔의 별로 묶어서 지도 앱에 모조리 추가해놓고, 외출할 일이 있거나 약속을 잡을 기회가 생기면 그 근처로 은근하게 유도했다. 별을 보고 있다 보면 왠지 나가야 할 것 같고 누구를 만나야 할 것 같아서 일부러 지인들에게 연락하기도 했다. 이것은 고의인가? 아닌가? 맛있는 바게트, 최소한 맛있는 프랑스 요리를 먹으러 갔으니 모두를 위한 길이 아니었을까? 나는 선의의 바게트 빌런이었다.

　그런데 그렇게 먹은 바게트는, 물론 맛있기는 했지만 어딘가 달랐다. 기분이 약간 어색하달까, 뭔가 빠진 느낌이랄까. 이게 아닌 것 같은데. 파리의 공기가 없어서일까? 역시 맛이 조금 다른 걸까? 곰곰이 생각하니 한 가지 짚이는 부분이 있었다.

서울에서 맛있는 바게트를 먹으려면 최소 하루 전부터 일정을 잡고, 이왕이면 나가는 김에 약속을 잡아서, 지하철을 갈아타고 환승 시간을 길바닥에 버리면서 몇 개의 구를 지나쳐야 했다. 20~30분씩 기다리는 일이 일쑤인 악명 높은 배차 간격의 경의중앙선을 참고 버텨야 했다.

그래, 이게 문제인 것 같아. 바게트는 일단 사고 나면 대중교통을 필수로 타야 하는 그런 음식이 아닌 듯했다. 아침에 후드 집업 하나 걸치고 털레털레 집 앞에 나가 가볍게 사 오거나, 아직 해가 지지 않은 퇴근길에 동네 베이커리에 들러 사야 제맛이지 않을까?

나는 우리 동네에 주기적으로 출몰하는 타코야키 트럭을 아주 좋아해서 가끔 마주치면 꼭, 가슴 속에 3,000원이 없으면 계좌이체를 해서라도 사 온다. 그래서 나는 내가 어떤 상황에서든 타코야키를 잘 먹는 사람인 줄 알았다. 그러다 코로나19가 시작되고 배달 앱이 흥하면서 드디어 우리 동네에도 배달이 되는 타코야키 전문점이 생겼다. 그렇다면 냉큼 배달 주문을 하지 않을 수 없지! 하지만 그렇게 받아 든 타코야키는, 꽤 맛있는 편이었는데도 다시 주문하고 싶은 생각이 들지 않았다. 일단 최저 주문 비용을 맞추려니까 먹는 인원보다 많은 양을 주문해야 했고, 배달 오는 동안 가쓰오부시와 소스에 젖은 상자 가장자리가 축축해졌으며, 먹고 남은 다음 날의 타코야키는 그냥 그랬다. 감사함이 사라지고 먹어서 해치워야 하는 영역에 들어선 것이다.

파리의 바게트는 물론 맛있다. 지금도 바게트 맛집만 다니는 바게트 투어를 떠나라고 하면 기꺼이 다른 음식을 어느 정도는 포기하고 다녀올 수 있을 것 같다. (말해놓고 조금 후회되기는 한다. 바게트랑 같이 먹으면 다 바게트 식사인 걸로 치면 안 될까? 아냐, 그래도 바게트는 맛있으니까….) 하지만 서울에 돌아온 이후 바게트 맛집을 찾아다니면서 내가 메우고 싶었던 허전함은 맛있는 바게트 자체가 아니라 이를 둘러싼 분위기, 그 기반이었던 것이다.

아침에 갓 구운 바게트를 먹는 단순한 행위에는 많은 것이 내포되어 있다. 우선 아침을 챙겨 먹을 수 있는 넉넉한 출근 시간. 장 볼 시간도 없어서 새벽 배송으로 대부분을 해결하지 않아도 되는 여유. 한 두 블록만 걸어가면 맛있는 바게트를 살 수 있는 동네. 바게트의 질과 가격과 안정적인 공급을 모두가 중요하게 생각하는 분위기. 오늘 저녁 밥상에 올릴 고기는 정육점 할아버지가 골라주고, 나만의 마들렌 맛집은 어디인지를 진지하게 토론하는 이상적인 트위터리안 같은 이웃들.

되게 부럽군. 바게트에 이 정도 의미를 부여한 걸 알면 바게트도 부담스러워서 바스러질지도 모르겠다. 하지만 한국에서 단순히 맛있는 바게트를 찾아다니며 먹는 것으로는 내가 바라는 바게트 세상을 만드는 데 불충분하다는 사실을 깨달았다는 뜻이다. 파리에서는 자연스럽게 실천했던 1일 1바게트가 이렇게까지 힘들 일인가?

하지만 쉽게 부서질 듯이 파삭파삭 뜯어지면서 쫄깃한 속살의 탄성까지 느껴지는 바게트의 손맛을 알게 된 이상, 서울에 앉아서 영영 파리를 그리워만

하고 있을 수는 없다. 그렇다면 지금 당장 누릴 수 있는 행복의 형태로 커스텀하면 될 거 아니겠어? 그래서 나는 침실 문을 열고 몇 발짝이면 도착하는 내 주방에서 바게트를 굽기로 했다.

근 손실은 곧 빵 손실이니까

방금 인터넷으로 보조배터리를 구입했다. 캠핑 요리 브이로그를 시작해서인지 촬영에 사용하는 스마트폰의 배터리 효율이 89%까지 떨어졌기 때문이다. 배터리와 충전 케이블을 같이 가지고 다니는 것이 영 거추장스럽던 차에 충전 단자에 바로 연결할 수 있는 작은 용량의 보조배터리를 발견했다. 그냥 이걸 사고 싶었던 것 같기도 하다. 어쨌든 비상시에 여분 배터리가 있는 것은 좋으니까 샀다.

　　사람의 체력도 핸드폰 배터리처럼 수치로 확인할 수 있으면 얼마나 좋을까? 체력을 얼마나 소비했는지, 효율은 얼마나 떨어졌는지 숫자로 확인하면… 더 피곤한 느낌이 들 수도 있겠지만 엄살이었구나 싶을 때도 있지 않을까? 아니, 아예 체력을 보조배터리처럼 들고 다닐 수 있으면 좋겠다. (에너지 음료가 비슷한 역할을 한다고 볼 수도 있을까? 그런데 그건 내일의 체력을 끌어다 쓰는 기분인데….)

　　햇수로 5년째, 나는 내 체력 배터리를 최대치로 높이는 데 매우 집중하고 있다. 파리에 처음 발을 들였을 때만 해도 출산 후 50% 이하로 떨어진 체력을 회복하지 못해 허덕였다. 나보다 깡마른 고모의 체력이 훨씬 좋아서 같이 2만 보씩 걷고 호텔방에 들어오면, 나는 곧바로 침대에 쓰러져 충전하는 반면 고모는 한시도 쉬지 않고 짐을 정리했다. 그런 고모를 보면서 '난 뭐가 문제지?' 생각하곤 했다.

그런데 지금은 뭐가 문제였는지 알고 있다. 서른세 살이 되도록 한 번도 운동을 한 적이 없었다. 가끔 지인들에게 내 체력이 정말 저질이라고 이야기하면 다들 "나도 그렇다." "몸이 예전 같지 않다." 하며 적당히 맞장구를 치는데, 나는 문자 그대로 계단 한 층도 중간에 한 번 쉬면서 올라가야 했던 사람이다. 하지만 진지하게, 문제를 안다는 것은 좋은 일이다. 해결하면 되니까!

그때는 정말 이대로는 죽겠다 싶어 달리기와 헬스를 시작했다. 그리고 5년이 지난 올해, 클라이밍까지 추가했다. 큰 이변이 없는 한 내 운동 스케줄은 이렇다. 헬스장에 가는 시간은 아침. 하체 운동으로 시작해 계단 머신을 오르거나 가볍게 상체 운동을 한 후 45분 인터벌 러닝을 하고 출근한다. 주 3회 인터벌 러닝을 하면 뇌세포 재생을 도와준다고 해 기본 신앙과 같은 마음으로 이어가는 중이다. (믿습니다!) 그리고 오전 중에 목표로 한 일을 모두 끝마치면 점심시간을 틈타 클라이밍장에 출석 도장을 찍는다. 발을 옥죄는 클라이밍화로 갈아 신고, 어제 실패한 코스를 오늘은 해낼 수 있기를 바라면서 벽을 기어오른다. 클라이밍에 재미를 느낀 순간, 때마침 사무실 근처에 암장이 오픈해 이건 운명이라고 생각하면서 문 열자마자 뛰어들어가고 있다. (그리고 현재는 스피닝에 푹 빠져 있다. 운동을 좋아하게 되니 세상이 이토록 다채롭다!)

솔직히 33년간 누워 있기만 했기 때문에 아직도 운동을 잘하지는 못하지만, 재밌어서 열심히 하고 있다. 지금은 왜 운동을 싫어했는지 기억나지 않을 정도다. 더위를 타니까 땀이 나는 상황 자체를 싫어하기는 했지. 지금도 땀에 젖는 게 달갑지는 않지만 어느 정도 익숙해져서 씻으면 그만이겠거니 한다. 약간 변절자가 되었다 싶을 정도로 운동의 좋은 점을 전파하는 사람으로 돌변했는데, 사실 그럴 수밖에 없다.

운동은 대체로 효율적이고 발전하는 과정이 눈

에 확실하게 보인다. 바른 자세로 열심히 꾸준히 하면 들 수 있는 중량이 올라가고, 달릴 수 있는 거리가 늘어나고, 달리기 페이스가 좋아진다. 그리고 이론상 등 근육을 강화하고 싶으면 등 운동을 하고, 하체를 강화하고 싶으면 하체 운동을 하면 어쨌든 근력이 늘어난다. 정육점 돼지고기가 된 것처럼 부위별로 나눠서 탈탈 턴 다음에 달리고 나면 어딘가 좀 강해지고 가벼워지기는 한다.

특히 나처럼 운동을 전혀 하지 않던 순두부 같은 사람은 초반에 그 효과를 확실하게 느낄 수 있다. 어느 정도였는가 하면 사흘간 러닝을 했더니 계단 한 층을 한 번에 오를 수 있었다. 석 달간 꾸준히 헬스장에 나갔더니 저녁에 느껴지는 피로감이 조금 덜했다. 그리고 반년이 지나니까… 놀라지 마세요. 무려 서서 양말을 신을 수 있었다! 그전엔 못했습니다. 아니, 못하는지도 몰랐어요. 애초에 시도도 안 해보고 앉아서 양말을 신었으니까…. 비웃지 마시라! 걸음마를 뗀 이후로 내 신체가 제 능력을 찾아가는 걸 처음 발견한 순간이었단 말이다.

알량한 심장이지만 마치 두 개로 늘어나기라도

한 것처럼 덜 피곤하고 덜 지치고 무엇보다 업무 효율이 좋아지기 시작하니 원래 일 중독 성향이 있는 나는 운동하는 시간을 목숨처럼 지키게 되었다. 멈추면 다시 예전 같은 저질 체력으로 돌아갈까 봐 무서웠다. 간신히 숨만 쉬는 상태로 살아갈 수는 없어. 에너지 음료로 연명하는 하루가 아니라 체력 배터리 용량을 두 배쯤 늘려서 끝없이 일하고 놀고 먹기를 반복하고 싶단 말이다!

무엇보다 빵과 함께 살아가려면, 정말로 운동이 필요하다.

생각해보면 나는 항상 바게트를 만들고 싶었다.
요리사가 가는 지옥은 '손으로 머랭을 치는 곳'이라는 말이 있다. 대체 어느 근육이 지치기 시작하는 것인지 알 수도 없다. 그냥 상체가 전부 빨려 들어갈 듯이 서서히 앞으로 기대면서 팔이 더 이상 움직이지 않을 때까지 계속 거품기를 휘저어야 한다. 요리학교를 다니던 시절, 새로 온 셰프가 머랭 요리를 두 개 만들어야 하는 날 느닷없이 "기계 말고 손으로 머랭 치자!"라고 하자 조교의 얼굴이 새하얗게 질리던 모습을 잊을 수가 없다.

따뜻하게 중탕하면서 거품기로 계속 쳐야 하는 홀랜다이즈 소스, 끈끈한 반투명 흰자가 단단한 거품 덩이가 될 때까지 휘저어야 하는, 누가 발견했는지 모를 머랭. 볼과 거품기 크기까지 적절하게 골라야 하는 이 골치 아픈 고행의 길은 대체 왜 존재하는 것인지.

그런데, 요리는 대체로 그렇다. 체력이 있어야 다치지 않고 지치지 않고 몸을 움직여서 퀄리티 높은 결과물을 만들어낼 수 있다. 머랭 치기처럼 단순 무식하게 팔근육이 힘든 계열이 있는가 하면, 삶은 스파게티 면을 돌돌 감아서 매끈한 피라미드 모양을 빚어내는 것처럼 자잘하게 승모근이 뭉치는 계열이 있다. 스터핑*을 꽉 채운 무겁고 뜨거운 로스트 치킨에 버터를 끼얹는다고 수없이 오븐 문을 열다 보면 허리도 아프고, 설거지를 마친 팬 여덟 개를 한 번에

---

* 허브와 채소, 빵가루 등을 섞어 주로 가금류나 해산물, 채소 등의 속에 채워 넣는 음식.

옮기려면 코어 근육과 기합이 필요하다. 나야 요리 학교만 나와서 그렇지, 업장에서 일하면 이 정도는 아프지도, 가렵지도 않은 일이겠지만.

하지만 나에게는 빵 반죽도 체력이 부족해서 하지 못하는 영역에 속한다는 것이 문제였다. 그럼 왜 스탠드 믹서를 사지 않느냐고 한다면 중얼중얼 변명을 늘어놓게 된다. 세상에는 스탠드 믹서와 푸드 프로세서, 전기 거품기까지 반죽을 돕는 다양한 도구가 있고, 저마다 특징이 있지만 주방 공간의 한계로 전부 살 수는 없는데, 그렇다면 그중 무엇을 사면 좋을지 결정하지 못해 최근까지 반죽은 고사하고 머랭과도 거리가 먼 삶을 살아왔다… 그런 식으로 둘러댈 수 있겠다.

하지만 솔직히 말하면 뭐든 일단 몸으로 배운 다음에 기계를 쓰기 시작해야 한다고 생각하기 때문이다. 나는 '수제' '홈메이드' '전부 손으로 만든' 같은 레시피에 환장하는 스타일이다. 그러니 반죽도 내 손으로 하고 싶었다. 하지만 이미 빵과의 전투에서 장렬하게 전사한 기억이 있어서 도전할 엄두가 나지 않았을 뿐.

그런데 일단 죽이 되든 밥이 되든 눈뜨면 운동부터 다녀오길 1년쯤 지났을 때, 슬슬 체력이 붙고 살 만하다 싶으니 반죽을 해보고 싶은 마음이 치고 올라왔다. 하지만 아직 자신은 없으니까 쉬운 빵부터 시작해야 할 것 같았다. 그렇다면 내가 꼭 만들어보고 싶은 빵이 있지. 동유럽 여행을 갔을 때 아주 말랑하고 쫀득하고 촉촉한 빵을 먹었는데 알고 보니 감자빵이었다. 바로 그 빵을 만들고 싶었다. 그래서 책을 참고하며 감자를 삶고 버터와 우유를 넣어서 으깬 다음 중력분과 인스턴트 이스트를 계량해서 어찌어찌 반죽을 시작했다. 설명에 따르면 수분이 많아서 끈적거리는 반죽이라고 했지만, 잘못하면 덧가루를 밀가루 중량만큼 쓰게 되지 않을까 싶을 정도로 질척거렸다. 계속 치대다 보면 덜 질척거리나? 내가 계량을 제대로 하긴 했나? 레시피가 이상한가? 갖은 고민을 하면서 밀고 접고 다시 밀고 스크래퍼로 긁어 모아서 다시 밀다 보니 조금씩 반죽이 제 모양을 갖추기 시작했다. 다행이다. 되긴 되네? 어? 나 아직 안 지쳤는데? 와, 나 이제 반죽할 수 있나 봐. 대박이다.

반죽을 할 수 있게 되었다는 것은 단순히 15분 넘게 같은 동작을 할 수 있다는 것 이상의 의미를 지닌다. 반복해서 말하지만 내 몸이 지치지 않아야 퍼포먼스에 집중하고 능률을 높일 수 있다. 시간이 지날수록 반죽 상태가 어떻게 변화하는지 집중해서 살필 수 있다. 가루와 감자와 수분이 전혀 섞이지 않아 끈적이고 거칠었던 유동체가 치댈수록 조금씩 글루텐이 형성되며 탄력이 생기고 윤기가 흐르기 시작하는 과정. 누가 봐도 이것이 아기 엉덩이인가 보다 싶은 상태가 될 때까지 치대는 과정. 레시피에서 10분간 치대라고 했는데 이제 몇 분 지났는지 생각하는 게 아니라 반죽을 보면서 판단하는 여유가 생기는 것이다. 하여튼 체력이 최고다.

　　체력이 없어보지 않은 사람은 힘들어서 하고 싶은 일을 하지 못하는 게 얼마나 짜증 나고 신경 쓰이는지 모를 것이다. 내가 번역한 책 중 (아직 출간 전이지만) 이탈리아 할머니의 수제 파스타 레시피를 수집한 책이 있다. 파스타 책답게 앞부분에 기본 파스타 반죽법이 실려 있다. 탄탄한 반죽을 밀대로 밀어

스폴리아*를 만드는 과정을 읽어 내려가는데, 그중에 '등을 다치지 않고 반죽 미는 요령'이 적혀 있었다. 파스타 만드는 법은 숱하게 많이 읽었지만 이런 내용은 처음이야! 이 얼마나 다정한 할머니다운 배려인가. 그래, 밀대는 너무 멀리까지 밀지 않도록 해야겠구나. 맞아, 멀리 뻗을수록 등에 무리가 간다.

나는 빵을 먹기만 할 건데? 반죽 같은 거 할 생각 없는데? 그래도 운동은 해야 한다. 신체 기능 무료 이용 기간이 끝나가는 마당에 가만히 앉아 먹고 싶은 걸 다 먹을 수 있을 것이라고 생각하면 오산이다. (그런 분이 있다면 정말 부럽습니다.) 일단 소화 능력이 떨어진다. 예전에는 먹고 바로 누워도 소가 될 걱정만 하면 됐는데, 지금은 염증이 잘 생겨서 높은 확률로 역류성 식도염을 걱정해야 한다. 만약 나처럼 빵에 잼과 스프레드를 발라 먹는 걸 좋아하는 사람이라면 진심으로 당뇨를 예방해야 한다. 나는 가족력으로 인해 콜레스테롤 수치를 조심해야 하는데, 병원에서 피 검사를 할 때마다 운동을 꾸준히 하라

---

* 파스타 반죽을 아주 넓고 얇게 민 것.

는 소리를 듣는다. 꾸준히 운동해서 빵과 잼을 계속 먹을 수 있다면 그것만으로도 나에게는 대단한 메리트가 있다.

그러니까 결론은, 할머니가 되어도 바게트를 반죽할 체력이 있고 구운 빵을 끼니마다 먹을 수 있으려면 다치지 말고 꾸준히 운동해야겠다. 이건 나 스스로에게 던지는 말이다. 바닥에 눕는 것만이 방전된 체력을 충전하는 유일한 방법이었던 시절로 돌아가지 말자. 그리고 후천적으로 획득한 빵 만드는 근육, 소중한 빵근을 잃지 말아야지. 근 손실은 곧 빵 손실이니까.

오븐에서 찾은 온전한 자유

내 전공은 프랑스 요리다. 하지만 요리학교를 졸업하고 요리 잡지사에 입사한 이후로는 국적도 종류도 가리지 않고 닥치는 대로 요리를 공부하고 접하면서 기사를 썼다. 무조건 지식을 흡수하는 시기였다.

프리랜서가 되고 나서도 사정은 비슷비슷하다. 오늘은 우리나라 종갓집에서 전해 내려오는 음식을 취재하고, 내일은 이탈리아인 셰프를 인터뷰하고, 집에 돌아와 일본 요리책을 번역하는 식이다. 할 수 있는 일은 무조건 하는 것이다. 프리랜서가 그런 거 아니겠어? 그리고 푸드 에디터는 원래 기본적으로 다국적 요리에 관심이 있으니 다들 올라운드 플레이어가 되어간다.

그러던 어느 날, 문득 밥 짓는 데 자신이 없다는 사실을 깨달았다. 밥은 살면서 계속 먹고 접한 음식인 만큼 밥 짓는 요령에 대한 이야기도 주워들은 것이 워낙 많았다. 냄비밥은 어렵다, 불린 쌀은 물을 적게 잡아야 한다, 불 조절을 하지 않으면 삼층밥이 된다…. 삼층밥 이야기가 제일 두려웠다. 쌀은 대체 무엇이길래 그냥 물에 삶는 게 아니라 미리 불려야 하고, 센불과 중불과 약불을 적절하게 조절하지 않으면 위는 설익고 밑은 타는 것일까? 나는 원래 잘 모르는 영역은 일단 위대하게 받아들이고 '쪼는' 버릇이 있다. 밥 짓기는 어려워. 밥솥이 알아서 해줄 거야.

요리 기자로 일하면서 밥 하나 당당하게 지을 수 없다니. 전기밥솥으로만 밥을 지어 버릇하면 단적으로 말해 솥밥을 지을 수가 없다. 쌀 불리기와 밥물 잡기, 불 조절도 자신 있게 컨트롤하지 못하는데 부재료를 더 넣으면 물을 어떻게 잡아야 할지 알 게 뭐야. 아무리 서양식 비중이 높은 식생활을 영위하고 있다지만 '밥'상에서 나와 가장 가까운 곳에 놓이는 밥을 제대로 지을 자신이 없다는 건 요리 기자로서의 자존심이 용납하지 않았다.

그런데 '달고 짜고 매워야 한다!' 이런 두드러지는 맛의 기준이 아닌 윤기가 흐르고 찰지면서 은은한 단맛이 느껴져야 하는 밥은 한 번 성공한다고 잘하게 되는 종류의 음식이 아니다. 절대적으로 경험이 필요한 영역이다. 여행 한번 갈라치면 떠나기 전

날에 이미 공항 옆 호텔에 묵고 있는 나 같은 사람이 당장 조급하게 생각한다고 해서 갑자기 잘하게 되지는 않는다. 스트레스만 받을 뿐.

그래서 어떻게 했을까? 1년간 천천히 수시로 관련 정보를 찾아보면서 밥을 할 때마다 조금씩 더 신경 썼다. 가랑비에 옷 젖는 전략을 택한 것이다. 어차피 단번에 좋아질 거라고 생각하지 않았으니 이러는 쪽이 차라리 스트레스를 덜 받는다. 세상에는 우리가 주로 먹는 찰진 단립종 쌀만 있는 것이 아니다. 인도의 장립종 쌀을 사용해 우리 기준에는 '날아다니는' 밥을 짓는 외국 레시피를 번역할 때 보면 끓는 소금물에 시금치 데치듯이 대뜸 쌀을 넣고 삶아서 그물국자로 건지기도 한다. 이렇게 온갖 방식으로 쌀과 밥을 먹는데 망해봤자 떡이 되거나 죽이 되기밖에 더하겠냐고. 그리고 나는 떡이랑 죽을 좋아하니까(?) 쫄지 말고 일단 해, 그냥.

말이 나와서 말이지만 의외로 밥 잘 짓는 법에 대해서 제대로 설명해주는 사람이 많지 않다. 쌀을 '적당히' 불리고 물은 '손등의 반 정도 찰 때까지' 부으라는 식이다. 쌀이 다 불었는지는 어떻게 알지요? 내 손은 표준 두께인가요? 그러니 이해하기를 포기하고 전기밥솥에 적힌 쌀과 물의 분량 눈금 표기와 취사 버튼에 기대어 살았던 것이다. 하지만 쌀을 소량만 구입하면서 이런저런 품종을 먹어보고, 도정한 지 얼마 되지 않은 쌀을 파는 곳도 찾아보고, 쌀을 불리면 시간이 지날수록 상태가 어떻게 바뀌는지 관찰하면서 시간을 보내다 보니 조금씩 감이 잡혔다.

거의 맑은 물이 흐를 때까지 쌀을 잘 씻어서 물에 담가두면 반투명한 상태에서 군데군데가 하얗고 불투명해지기 시작한다. 그러다 전체적으로 완전히 불투명해지면 다 불은 것이다. 주방과 물의 온도에 따라 속도가 달라지기 때문에 여름에는 시간을 조금 짧게, 겨울에는 조금 길게 잡아야 한다. 이때 많이 깨진 쌀을 사용하면 겉으로는 티가 나지 않아도 붙는 과정에서 금이 간 부분부터 하얗게 변하기 시작한다. 그러면 자연스럽게 온전한 쌀로 밥을 지어야 식감이 좋겠다는 깨달음이 온다.

그렇게 쌀을 불려보고, 무게와 부피에 따라 물

양을 조절해보고, 소량으로도 대량으로도 만들어보고, 압력밥솥과 냄비와 무쇠솥으로 밥을 지어보면서 사계절을 보냈다. 무심하게 일주일에 서너 번, 30분 정도 시간을 투자했을까? 어차피 밥은 먹어야 하니까. 그러다 독일에 사는 제일 아끼는 후배가 잠시 한국으로 들어와 우리 집에서 조촐한 크리스마스 파티를 하게 되었다.

어떤 음식을 해야 할지 고민하다가 우선 고기를 재우고 지지고 푹 익히기까지 총 사흘이 걸려서 좀처럼 만들 엄두를 내지 못하는 뵈프 부르기뇽•을 준비했다. 그리고 우리집에서 인기 있는 밥반찬인 아스파라거스 어묵 무침을 만들고, 치즈구이와 이것저것을 더한 다음 밥을 지었다. 완성된 밥을 속이 깊은 그릇에 소복하게 담아서 고슬고슬하게 밥알을 살리고 식탁에 내려놓자 후배가 말했다.

"와, 선배. 밥 진짜 맛있어 보여요."

아마 본인은 이런 말을 했는지 기억도 못할 것이다. 하지만 전혀 예상치 못한 순간에 들은 칭찬이

• 프랑스 부르고뉴식 소고기 스튜.

내 가슴속에 훅 파고들었다. 아니, 사흘간 뵈프 부르기뇽을 만들었는데 느닷없이 밥 맛있겠다는 소리를 들을 거라 예상이나 했겠냐고. 어쨌든 기뻤다. 올해 초만 해도 밥을 제대로 지을 줄 몰랐는데, 1년이나 걸렸지만 이제 감탄이 나올 만큼 윤기가 흐르는 밥을 지을 수 있게 되었구나.

비록 지금도 전기밥솥과 햇반이 나를 밥 짓는 귀찮음에서 구제해주고 있지만, 그래도 밥 짓는 법을 터득하고 나니 자유로움이 찾아왔다. 내 마음대로 솥밥을 지을 수 있는 것이다! 어떤 종류든 냄비 하나만 있으면 밥을 1인분만 지을 수도 있고, 10인분을 지을 수도 있고, 레시피와 상관없이 멥쌀과 찹쌀과 보리쌀의 비율을 마음대로 맞춰서 질감이 토독토독 터지는 명란솥밥을 지을 수도 있다. 난 자유야! 전기가 없어도 어디서든 맛있는 밥을 지을 수 있어!

그리고 이제는 빵에 도전하고 있다. 오, 이것은 밥에 비해서 변수가 너무나 많아요. 그리고 쌀을 불려서 밥을 지을 때보다 시간이 더 오래 걸리고 가볍게 도전하기에는 품이 들기 때문에, 실패했을 때 조금 더 마음의 상처를 입는다. 하지만 직접 만들면 자유도가 늘어난다는 점은 마찬가지다.

　무엇보다 내 빵 취향을 디테일하게 알게 되었다. 나는 커다란 빵 한 덩어리를 구울 수 있는 반죽도 가능하면 소분해서 작은 번 모양으로 만들어 굽는다. 바게트 종류 중 반죽을 길게 빚은 다음 가위를 이용해 양쪽에 번갈아 어슷한 칼집을 넣어 펼쳐 굽는 에피 바게트가 있다. 에피(epi)는 이삭이라는 뜻이고 딱 그런 모양으로 생겼는데, 뾰족뾰족해 유독 바삭하고 고소하게 구워져서 바게트의 '귀'라는 별명이 있는 가장자리 부분이 많이 늘어난다는 장점이 있다. 반죽을 임의대로 소분해서 작게 구우면 이런 효과를 줄 수 있다. 바삭한 껍질과 부드러운 속살의 비율을 원하는 대로 조절하는 것이다.

　지금은 냉동 제품으로도 구하기 쉽지만, 몇 년 전까지만 해도 햄버거 번이나 핫도그 번을 쉽게 구하기가 힘들었다. 지금도 '맛있는' 햄버거 번만 쉽게 구할 수 있느냐고 하면 솔직히 잘 모르겠다. 그럴 땐 그냥 직접 구우면 내가 원하는 크기와 형태로 만들 수 있다. (초미니 버거도 만들 수 있다!)

물론 어떤 크기와 모양의 빵을 굽고 싶다고 반드시 성공하느냐는 또 다른 문제이기는 한데, 어쨌든 가능성은 생겼으니까. 뭔가를 만들고 싶을 때 이런 빵은 어디서 구할지 고민하지 않아도 되고, 원하는 음식을 원하는 맛으로 만들 수 있다. 다시 한번 물론! 진짜 만들 수 있느냐는 다른 문제지만. 성공하든 실패하든 조금씩은 손에 익어가겠지. 그런 희망을 갖고 오늘도 반죽을 한다. 내 바게트는 언제쯤 바게트 같은 모양이 될지 궁금해하면서.

세상은 넓고, 바게트는 많다

나에게는 순전히 호기심에서 비롯된, 꼭 해보고 싶은 일이 있다. 한국과 미국과 유럽의 전문 도축업자를 한곳에 초빙해 분할한 고기 부위에 대한 용어를 통일하는 것이다. 요리책을 번역하면서 고기 부위가 나올 때마다 골머리가 아프기 때문이다.

　　고기 부위는 동물이 살아가면서 사용한 빈도와 쓰임새, 위치 등에 따라 지방과 근섬유의 비율이 달라진다. 지방이 눈처럼 곱게 박혀 마블링이 좋은 부위는 빨리 구워 빨리 먹기 좋고, 살아생전에 열심히 활동해서 근섬유가 촘촘히 박혀 질긴 부위는 오랫동안 천천히 익혀야 입에서 살살 녹는다. 그러니까 요리 방법마다 사용하기 적절한 부위가 적당히 구분되어 있다. 그러니 번역할 때도 해당 레시피에서 사용하는 부위를 정확하게 옮겨야 한다.

　　그런데 이놈의 도축은, 나라마다 분할하는 방법 자체가 미묘하게 다르고 용어도 중첩되어서 이걸 도대체 무슨 부위라고 해야 할지 고민될 때가 많다. 예를 들어 얇게 저며서 빠르게 익히기 좋아 파히타 등에 자주 사용하는 스커트 스테이크는 횡격막 부위, 즉 안창살이다. 그런데 이게 또 인사이드 스커트와 아웃사이드 스커트로 나뉘고, 그러면 이것도 안창살이고 저것도 안창살인데, 우리나라에서는 구분해서 통용하는 용어가 없다. 그러니 이게 한 문장에 쓰이면 결국 원어를 그대로 쓸 수밖에 없는 것이다.

그런데 코로나19 이후로 홈베이킹이 인기를 끌기 시작해서인지, 빵과 관련된 책 번역을 여러 권 맡으면서 또 다른 고민이 생겼다. 사용하는 밀가루 분류가 나라마다 다른 것이다. 우리나라는 단백질, 그러니까 글루텐 함량에 따라 박력분과 중력분, 강력분으로 나뉘고 통밀가루는 그런 구분을 따르지 않는 것이 대부분이다. (구분하는 제품도 있다.) 그런데 유럽에서는 밀가루를 태워서 남은 회분 함량에 따라 T45, T55, T110 등으로 나눈다. 또한 단백질 함량을 기준으로도 중력분과 강력분 사이, 박력분과 중력분 사이로 세분한다. 게다가 회분 함량이 늘어나면 백밀보다 통밀에 가까워지기 때문에 우리나라에서 생산하는 밀가루 가운데 이를 정확하게 대체할 수 있는 제품을 지정하기 어렵다. 그렇다고 국내에서 이 레시피를 절대 사용할 수 없을 리도 없는데. 번역가인 나는 어디까지 설명하면 적절할까.

이 문제는 비단 나라에만 국한되는 것도 아니다. 미국의 밀가루 회사 '킹 아서'의 밀가루는 같은 강력분이라도 글루텐 함량이 또 다르다고 한다. 그래서 디테일하게 '킹 아서의 ○○ 밀가루를 사용한다.'고 기재하는 레시피도 있다. 번역을 떠나서 이 정도로 특정성이 강해지면 나는 이 레시피와 조금씩 마음이 멀어진다. 만일 킹 아서 회사가 망한다면? (그럴 리는 없겠지만.) 미국과 무역로가 끊기면? (그럴 리는 없겠지만.) 이 빵은 굽지 못하는 것인가?

정확한 정보를 알려주어야 한다면 '글루텐 함량이 ○○%인 킹 아서 회사의 강력분을 사용했습니다.'라고 적어야 하는 것 아닐까? 그게 『탈무드』에서 말하는, 자식에게 물고기를 주면 하루를 먹고살지만 낚시하는 법을 가르치면 평생을 먹고산다는 교훈에 가깝지 않은가 이 말이다. 한국 독자가 유럽의 베이킹책 레시피를 정확히 따라 바게트를 만들 수 있게 하려면, 이 또한 각국의 제분업자를 초빙해서 합의를 해봐야 하는 문제가 아닐까. 그냥 수입 밀가루를 쓸 수도 있겠지만, 푸드 마일리지와 탄소 발자

국을 생각해서라도. 물론 내 지식의 한계일 뿐일지도 모른다. 공부하고 정진해야지.

밀가루 얘기가 나와서 말인데, 국내에 발간된 바게트 관련 책 중에는 일본의 유명 베이커리에서 각각 어떤 밀가루를 얼마나 사용해서 바게트를 만드는지 정리해놓은 것도 있다. 볼 때마다 감탄이 절로 나오는 영역이다. 그걸 공개하는 것도 대단하고, 다양한 종류의 밀가루를 섞어서 테스트를 거듭하는 것도 굉장하다. 제빵을 하는 사람들은 다 비슷해 보이는 푸슬푸슬한 가루를 앞에 두고 어떤 생각을 할까.

일전에 번역한 천연발효빵 레시피북 『SOUR-DOUGH 사워도우』의 저자는 어디론가 여행을 가면 새로운 가루를 만나보는 것이 매우 기대된다고 말했다. 세상에, 여행 가서 식재료를 쇼핑하는 내용으로 책까지 썼던 나도 곡물가루까지는 생각해보지 못했다. 만약에 처음 가본 타국의 시장에서 곡물인지 씨앗인지 잘 구분하기도 어려운 가루를 발견했다면 그걸로 어떻게 빵을 만들 수 있을까?

음, 우선 내 손에 익은 레시피가 있다면 거기에

일정량을 새로운 가루로 대체해 반죽해보면 차이가 느껴질 것이다. 예를 들어 호밀가루는 다른 가루보다 수분을 많이 흡수하기 때문에 호밀가루의 비율을 높일수록 수분도 같이 늘리고 충분히 발효시켜야 호밀의 풍미를 제대로 낼 수 있다. 아직은 제빵 초보라 강력분과 중력분으로 만든 반죽의 차이를 체감하는 정도지만, 경험이 충분히 쌓이고 나면 정체를 알 수 없는 새로운 가루로도 실험할 수 있겠지.

프랑스에서는 전통 바게트를 밀가루와 물, 이스트, 소금만으로 만들도록 정해두었다. 누에콩가루와 대두가루, 맥아가루도 일부 넣을 수 있다고는 한다. 물론 '전통 바게트'에 한정된 이야기이기는 한데, 그렇다면 다른 가루를 어느 정도 넣으면 일반 바게트의 영역에서 벗어나는 것일까? 프랑스 식민지였던 베트남에서는 쌀가루를 이용해서 쌀바게트를 굽는데, 그것도 바게트의 범주에 속하지 않는 것일까?

얼마 전에는 백화점 지하 식품관을 지나다가 '연유쌀바게트'라는 메뉴를 봤다. 바게트라기에는 비교적 짧고 뭉뚝한 모양에 위에는 짙은 갈색의 소보로가 올라가 있고 반으로 갈라 연유 크림을 바른 메뉴였다. 이름만 봐도 알 수 있듯 쌀가루가 들어가 있겠지. 이건 퇴마해야 할 영역에 들어가는 것일까? 아니면 변형 레시피로 용납할 수 있는 정도일까? 최소한 내 기준에 베트남의 쌀바게트는 훌륭한 바게트지만, 연유쌀바게트는 맛은 있어도 바게트라는 생각은 전혀 들지 않는데.

하지만 언젠가 한 인터뷰 기사에서 공연을 위해 내한한 프랑스 뮤지컬 배우들이 한국에서 먹은 맛있는 음식으로 무려 크로플을 꼽는 것을 본 적 있다. 누군가는 크로플을 두고 애써서 켜가 생기도록 만든 페이스트리를 눌러 먹을 이유가 없다고 하지만, 퍼프 페이스트리를 부풀지 않도록 일부러 구멍 내 구워서 밀푀유를 만든다고 생각하면 그 또한 새로운 맛과 질감의 발견이라고 본다. 본토인도 맛있다잖아. 그게 무언가의 인증을 의미하는 것은 아니지만, 정체성은 해석의 영역이고 맛은 만국인의 공통 영역이니까.

결론은 세상 모든 바게트의 가능성을 탐험해보고 싶다는 이야기다. 왜냐하면 라틴아메리카식 바게

트는 아직 현지에서 못 먹어봤으니까. 세상은 넓고,
바게트는 많다.

어머님은 빵 껍질이 좋다고 하셨어

어린 시절 우리 집에는 반죽기가 있었다. 1차 반죽까지만 할 수도 있고, 반죽기 내에서 2차 발효 후 굽기까지 완료할 수도 있는 기계였다. 물을 만났을 때 밀가루의 반응, 글루텐의 발달, 반죽의 역할 등 반죽이라는 전체적인 과정을 과학적으로 전혀 이해하지 못했던 초등학생에게 반죽 믹스를 집어넣고 기다리기만 하면 원기둥 모양의 빵이 완성되는 반죽기는 가히 연금술사의 도구와 같았다.

지금도 기억나는 것은 반죽기에서 1차 발효를 끝낸 반죽에 건포도를 넣은 사과조림을 채워서 리스 모양으로 구운 사과빵과 통조림 밤을 잔뜩 넣어서 동네 빵집과는 비교할 수 없을 정도로 묵직하게 구워낸 밤식빵이다. 반죽에 넣은 노랗게 조린 통조림 밤이 속에도 콕콕 박혀 있고 껍질에도 붙은 채 노릇노릇 갈색으로 지져져 고소한 맛이 일품이었다. 엄마가 밤식빵을 굽는다고 하면 나와 동생은 이제나 저제나 고소한 빵 냄새가 퍼지기를 기다리다가 미처 식기도 전에 손끝을 데어가면서 뜯어 먹었다. 밤이 많이 들어 있는 부분을 차지하기 위해, 그리고 최대한 속살 부분만 먹기 위해 엄마 눈치를 보고 서로 미묘한 신경전을 벌이면서.

　좋아하는 걸 먼저 먹는 타입이냐, 마지막에 먹는 타입이냐 질문하곤 하는데, 나는 싫어하는 걸 언제 먹는 타입인지가 더 궁금하다. (참고로 나는 좋아하는 건 처음에 한입, 마지막으로 한입 먹고 싶어 한다.)

　나는 싫어하는 걸 꼭 먹어야 하는 상황이라면 먼저 먹어치우는 타입이다. 초등학생 때 급식에 콩밥이 나오면 최대한 선생님 눈에 띄지 않도록 조심스럽게 콩을 하나씩 찾아내서 숟가락에 모은 다음 알약 먹듯이 한입에 삼켜버리고 구멍이 숭숭 뚫린 '비교적' 흰밥을 여유롭게 먹었다. 조부모님과 함께 살았기에 여섯 명이 둘러앉은 식탁에서 입 짧은 애가 그러고 있으면 상당히 거슬렸을 것 같은데, 지금 생각해도 이상하게 아무도 지적하지 않았다. 거슬리지 않는 건 아니지만 안 먹겠다는 것도 아니고 뭐… 하나하나 지적하기도 지친다… 그런 심정이 아니었을까.

　빵 껍질도 싫어했다. 아침에 엄마가 토스트를 구워주면 딸기잼이나 땅콩버터를 구석구석 꼼꼼하게 펴 바른 후 달콤한 잼이 묻어서 그나마 먹을 만해진 가장자리 부분을 조개껍데기 모양을 만들듯이 돌려가면서 베어 먹은 다음, 순수한(?) 흰 빵과 잼이 조합된 안쪽 부분을 편안한 마음으로 먹었다.

그런데 반죽기에서 갓 구워낸 둥글고 큼직한 밤식빵의 달달한 속살 맛은 정말 너무 매력적이라서 갈색 껍질은 요만큼도 먹고 싶지 않았다. 지금 이게 급한 게 아니란 말이야! 부드러운 안쪽 속살만 쭉쭉 뜯어서 밤에 돌돌 감아 입에 넣다 보면 동굴을 파듯이 껍질만 남았다. 그러면 엄마는 이 맛있는 껍질을 왜 안 먹냐고, 껍질이 더 좋다면서 둘둘 뜯어서 혼자 드셨다.

내가 중학교 1학년일 때 god의 〈어머님께〉라는 노래가 대한민국을 눈물짓게 했다. 어머님은 짜장면이 싫다고 하셨어, 어머님은 짜장면이 싫다고 하셨어…. 형편이 어려운 와중에 본인은 짜장면을 좋아하지 않는다는 핑계를 대면서 아들에게만 짜장면을 먹이는 감동적인 모정에 대한 이야기였다. 이와 비슷한 이야기는 여러 책에서 찾아볼 수 있다. 생선 대가리가 좋다면서 생선 살을 양보하던 어머님의 생신 날에 생선 대가리만 차려드린 불효자 이야기, 닭다 리는 일단 자식 그릇에 넣어주는 부모님 이야기….

그래서 나는 대학 진학 후 어느 순간 과거를 크 게 반성했다. 엄마가 맛없는 빵 껍질을 좋아할 리가 없잖아! 우리가 안 먹고 남기니까 억지로 드신 게 틀 림없어…. 이런 불효막심한 자식 같으니라고…. 그 래서 서울에 놀러 온 엄마에게 샌드위치를 만들어드 릴 기회가 생겼을 때 식빵의 사방 가장자리를 모두 잘라내고 만들었다. 철없이 자란 아이의 상징 같은, 부드러운 빵 속살로만 이루어진 새하얀 샌드위치를 말이다.

그런데 접시에 담은 샌드위치를 본 엄마가 자투 리는 어디 갔냐고 물어보셨다. 아까워하시는 줄 알 고 먹기 좋으라고 잘라냈다고 했다. 그랬더니 사실 엄마는 빵 껍질을 더 좋아한다고, 내가 안 먹으면 당 신이 먹겠다고 하시는 게 아닌가? 그러고는 따로 담 아둔 식빵 자투리를 어릴 때 김밥을 마는 엄마 옆에 서 꽁다리만 쏙쏙 집어 먹던 나처럼 즐겁게 드셨다. 이건 뭐지? 예상치 못한 결과인데? 엄마는 정말 빵 껍질을 좋아하셨던 것이다.

"너네가 빵 껍질은 남기고 빵 속을 다 파먹으면 좋았어. 그 부분까지 먹으면 칼로리가 너무 높잖아. 껍질이 맛있는데."

아, 제가 또 하나 배웠군요. 뭘 배웠냐면, 뭐든 넘겨짚지 말고 물어봐야겠다는 것을 배웠다. 그래서 한동안 엄마와 아주 평화로운 빵 식사 시간을 보낼 수 있었다. 버릇없이 말랑말랑한 부분만 뜯어낸 다음 바삭바삭한 껍질은 엄마한테 양보한다거나, 엄마한테 만들어드리는 빵은 겉이 더 바삭바삭하게 구워지도록 신경을 쓴다거나.

엄마와 빵 껍질에 대한 오해는 풀었지만, 어쨌든 나의 빵 껍질 불호는 사라지지 않았다. 파리에 갔을 때 바게트를 크게 기대하지 않았던 것도 이 영향이 크다. 바게트라 하면 하루만 지나도 무기로 쓸 수 있을 정도로 딱딱해지는 것이 특징. 다른 빵에 비하면 길쭉하고 가느다란 편이라 기공 많은 속살은 그리 부피가 크지도 않아서 결국 속살보다 껍질을 씹는 시간이 훨씬 길 것 같은 빵이다. 그래 뭐, 파리까지 왔으니까 먹어보긴 하겠지만 그래봤자 과연 내 취향이겠어? 뭔 빵이 저렇게 길어. 꾹 누르면 껍질밖에 안 남겠네.

그러나 바게트 껍질은 호불호가 있을 수 없는 영역이었다. 노릇노릇한 바게트 껍질이야말로 깊고 고소하고 여운 짙은 바게트 향과 풍미의 알파이자 오메가라는 뜻이다. 껍질의 비율을 최대화하는 길쭉한 모양 만세! 노릇노릇한 바게트 껍질과 맥아 향의 조화, 꼬챙이로 푹 찔러서 퐁뒤 냄비에 담그면 치즈를 잔뜩 끌고 올라오는 탄탄한 껍질의 저력, 접시에 묻은 소스를 싹싹 닦아낼 때는 손잡이 역할까지. 바게트에 껍질이 있어서 비로소 가능한 일들이 얼마나 많은지 모른다. 빵에 부드러운 부분이 있으면 딱딱한 부분도 있어야 맛과 질감의 대조도 느낄 수 있는 것이 아니겠는가?

사람이 이렇게 손바닥 뒤집듯이 태도가 바뀌기도 쉽지 않은데. 평생의 불호를 바꿀 정도로 파리의 바게트 껍질이 워낙 맛있기도 했지만, 살면서 굳이 '난 이런 사람이다!' 하고 단정 지을 필요도 없는 듯하다. 이십대 때 불공평한 상황이나 이상하게 행동하는 사람에 하나하나 화를 내는 나에게 엄마는 말했다. 나이 들면 유해져서 화도 잘 안 날 거라고. 거기다 대고 나는 또 "그런 게 어딨어!" 하면서 화를 냈지만 이제는 정말 화를 잘 내지 않는다. 물론 유해져서가 아니라 화를 낼 기력이 없어서 그렇지만. 그저 기다리다 보면 적의 시체가 강물에 떠내려오겠거니, 하고 사는 것이다.

어릴 때는 비리다고 입에도 안 대던 콩국수를 이제는 여름마다 맛집을 찾아다니면서 먹기도 하고, 어묵탕의 어묵보다 국물의 간이 푹 배어든 무가 더 맛있어지고, 튀긴 가지의 매력을 알고 나니 이제는 축축하니 죽은 보라색을 띠는 가지나물도 맛있게 먹는다. 어릴 때 못 먹던 채소를 크면서 잘 먹게 되는 건 점점 미각을 잃어서 쓴맛 등을 덜 느끼기 때문이라고도 하는데, 먹을 수 있는 음식이 늘어나는 거라면 그리 나쁜 일은 아닌 것 같다. 나이 들어서 좋은 일이 하나 더 생겼네.

아, 그래도 바게트 껍질은 엄마에게 양보해야겠지. 내가 그나마 잘 먹는 음식이라고 엄마가 내 앞에 놓아준 수많은 새우구이와 꼬치전을 생각하면서.

이러다 화덕까지 만들겠어

돌을 샀다. 돈을 주고. 아파트 조경용 석재는 물론이고 수족관이나 하다못해 화분에 넣는 자갈도 돈을 주고 구입해야 한다는 사실은 잘 알고 있는데, 내가 돈을 주고 돌을 샀다는 사실이 왜 이렇게 웃긴지 모르겠다. 무슨 돌이냐면, 맥반석을 샀다.

그렇다. 맥반석 오징어를 굽는 바로 그 맥반석이다. 그것도 1kg만 사고 싶었는데 인터넷 쇼핑몰에 선택지가 2kg과 5kg밖에 없어서 하는 수 없이 2kg이나 사버렸다. 그래서 이 돌을 어디에 쓸 거냐면, 바로 오븐이다. 맥반석으로 빵빵한 빵을 만들 예정이다. 이 무슨 단추로 수프 만드는 소리냐고?

천연발효종과 인스턴트 이스트, 베이킹 파우더는 팽창제다. 빵과 구움과자를 부풀리는 역할을 한다. 빵 반죽을 오밀조밀 만들어서 두 배로 부풀 때까지 1차 발효를 하고, 성형한 다음 적당히 부풀 때까지 2차 발효를 해서 오븐에 넣으면 눈에 띄게 둥실둥실 부풀어 오른다. 오븐에서 뜨거운 열기를 만나 반죽이 빵빵하게 커지는 이 현상을 '오븐 스프링'이라고 부른다.

홈베이커라면 오븐 스프링을 최대한 얻어내는 데 혈안이 되어 있다. 바닥에 호떡처럼 납작하게 달라붙어 있는 바게트를 떠올려보자. 조금 극단적이기는 하지만 어쨌든 그건 바게트가 아니다. 음식 모형처럼 완벽하게 부푼 바게트를 구우려면, 물론 일단 반죽을 잘해야 한다. 힘 있고 탄력 있게 잘 성형해서 표면이 탱탱해야 하고, 2차 발효도 잘되어서 부풀여지도 있어야 하고, 반죽의 수분량도 적당히 높아야 하고….

하지만 같은 반죽이라고 해서 똑같이 부푸는 것은 아니다. 오븐에 넣었을 때 빵 하고 먹음직스럽게 부풀려면 우선 오븐을 충분히 예열해서 넣는 순간 반죽이 충격을 받을 정도로 제대로 뜨거워야 한다. 그리고 무엇보다, 반죽이 부푸는 도중에 딱딱하게 굳지 않도록 오븐 내 습도가 높아야 한다. 습도가 높아야 한다고! 생각해보면 아주 당연한 말이다. 말랑말랑한 반죽이 제 포텐셜을 온전히 발휘할 때까지 겉이 말라버리지 않아야 하는 것이다. 나는 더 부풀고 싶은데 이 껍질이 날 가두고 있어! 날 구속하지 마! 이때 반죽에 미리 칼집을 넣어두면 그 부분이 빵

터지면서 멋진 그리뉴(grigne)*가 생기는 것이기는 한데, 아무튼 그러려고 해도 일단은 오븐 안이 촉촉해야 한다.

아니, 화분도 아니고 전기 제품인 오븐에 어떻게 물을 준다는 거야. 하지만 이왕 바게트를 굽기 시작했으면 할 수 있는 건 다 해봐야지. 열심히 빵과 관련된 문헌과 에세이를 찾아본 결과 세 가지 정도의 방법을 꼽을 수 있었다.

1. 스팀 기능이 있는 오븐이 있다고 한다. 그렇지만 우리 집에는 없으니 패스.

2. 빵 반죽을 오븐에 넣기 직전에 분무기로 물을 분사해서 반죽 표면을 촉촉하게 한다. 그건 지금도 할 수 있지. 접수.

3. 오븐을 예열할 때 돌을 담은 그릇을 함께 넣어 뜨겁게 데웠다가 돌 위에 끓는 물을 부어서 오븐 안에 증기가 가득 차도록 한다. 뭐?

• 　빵을 구우면서 터져 갈라진 모양.

그래서 돌멩이를 구입하게 된 것이다. 외서 『Bread Illustrated』에 따르면 화산석을 쓴다고 하는데, 제주도의 현무암 같은 걸 말하는 것일까? 그건 섬 밖으로 반출이 금지되어 있지 않나? 그냥 자갈을 쓰면 안 되나? 근데 일단 빵 조리에 이용하는 거니까 식용… 아니, 돌을 먹는 건 아니지만 안전해야 할 것 같은데. 우리나라에서는 주로 뭘 쓰지? 그렇게 국내 베이킹 카페 게시글에 닿았고, 오징어와 계란으로 익숙한 맥반석이라는 결론을 얻었다. 오징어도 오글오글 구울 정도니까 뜨겁긴 하겠지. 멋지게 활약해서 나의 바게트를 빵 부풀려주렴.

그런데 많은 문헌을 뒤져본 내가 과연 맥반석만 샀는가 하면 아닐 말씀이다. 오븐 온도는 문을 한 번 열 때마다 뚝뚝 떨어지니까 온도를 최대한 유지하고 바닥 크러스트를 제대로 만들어준다는 오븐 슬레이트도 샀다. 어, 이것도 돌이네? 우리나라에서 파는 오븐 슬레이트는 너무, 너무너무 두꺼워서 이걸 넣었다가는 부풀어 오르는 빵이 오븐 위쪽 열선에 닿을 판이라 납작한 슬레이트를 찾아서 해외 직구를 했다. 그리뉴를 예쁘게 내려면 날카롭게 칼집을 넣어야 하니까 면도칼처럼 생긴 '라메'라는 도구도 샀다. (직구) 뜨겁게 달군 오븐 슬레이트는 꺼냈다 넣을 수 없으니까 대신 반죽을 넣고 빼주는 서버도 샀다. (직구) 길쭉한 바게트 반죽을 망가뜨리지 않고 여기로 옮겼다가 저기로 옮길 수 있는 '필롱'이라는 나무판도 샀다. (국내 제작)

그리고 피자를 굽기 시작했다.

…응?

아니 근데, 생각해보면 논리적인 귀결이다. 직구로 구입한 오븐 슬레이트는 사실 '피자 스톤'이라고 불린다. 장작을 넣어 온도가 400도까지 올라간다는 화덕 오븐을 최대한 재현하도록 열을 머금는 소재를 사용해 뜨겁게 달궈지게 만든 돌판이다. 그리고 피자 스톤에 반죽을 넣고 빼주는 서버도 당연히, 피자 서버다. 망설임 없는 손놀림으로 토핑을 얹은 피자 반죽을 한 번에 쏙 밀어넣고 확 잡아뺄 수 있는 모양새다.

맹세컨대 이것저것 주문할 때까지만 해도 분명히 빵빵한 바게트를 위한 시스템을 구축하겠다는 마음가짐이었다. 그런데 주문 제작한 국내 제품보다 해외 직구 물건이 더 빨리 도착할 줄은 몰랐지. 현관 앞에 얌전히 도착한 피자 스톤과 피자 서버 상자를 신나게 풀어 헤쳐서 종이와 충전재를 분리수거하고 나니 갑자기 깨달음이 찾아왔다. 잠깐, 일단 피자부터 구울 수 있겠는데? 나머지 물건이 올 때까지 피자나 구워볼까? 그렇게 24시간 동안 발효시키는 피자 반죽을 만들고 여섯 시간 졸이는 토마토 소스를 만들어서 피자를 굽기 시작했다는 이야기다.

다만 새롭게 장만한 오븐도 가정용이라 온도가 230도 이상 올라가지 않는 것이 조금 아쉬웠다. 외국 유튜버의 동영상을 찾아보면 집에서 화덕 피자를 재현하기 위해 온갖 짓을 하는 모습을 볼 수 있다. 가정용 오븐으로 시골빵을 구우려는 사람과도 일맥상통한다. 철제 베이킹 트레이를 두 개 겹쳐서 뒤집어 피자 스톤 대신 쓰는 사람은 귀여운 수준이다. 위쪽 열선과 가까운 제일 윗단에 피자를 넣어서 윗면을 그슬리는 사람, 바닥 크러스트가 잘 만들어지도록 오븐 바닥에 바로 피자 반죽을 넣어버리는 사람,

피자 스톤 같은 석재 타일을 위아래 단에 하나씩 깔아서 앞뒤로 열을 뿜어내게 하는 사람, 심지어 오븐의 사방 벽을 아예 석재 타일로 둘러서 뜨겁게 달구는 사람도 있다. 다들 진지하게 약간 미친 것 같아서 동질감이 느껴진다.

여기서 한 발짝만 더 나아가 정신 나간 짓을 한다면, 언젠가 진짜 화덕을 가질 수 있다면 얼마나 좋을까? 고등학생 때 제이미 올리버의 가드닝 쿠킹쇼 〈제이미 앳 홈〉을 보다가 뒤뜰에 있는 나무 화덕을 발견한 순간부터 꿈꾼, 지금까지 변함없는 나의 로망이다. 『나무의 맛』이라는 책에서 읽었는데, 실제로 장작을 태우면서 구웠을 때에만 생성되는 맛 화합물이 있다고 한다. 그러니까 나폴리식 피자를 재현하려면 장작을 태워가면서 화덕에 피자를 굽는 수밖에 없다. 어쩔 수 없네, 이건 운명이야. 뒤뜰에 있는 화덕에서 장작을 때 나무 그을음 향이 배도록 구워낸 발효종으로 만든 피자…. 여름에 갓 수확한 토마토로 만든 소스를 바르고 구워서 정원에서 딴 바질을 뿌려 먹는 것이다. 세상에 이런 천국 같은 공간이 있을 수 있나? 과거 유럽에는 마을마다 공동 화덕이 있어서 마을 사람 모두가 반죽을 들고 삼삼오오 모여 빵을 구운 다음 집으로 돌아갔다고 하는데, 화덕이야말로 '정통 바게트'에 한 발짝 다가가는 방법이 되어줄지도 모른다.

11월의 도전

11월. 옷깃을 여미게 하는 찬 바람이 불어오는 스산한 달. 나는 1년 중 11월을 가장 좋아한다. 요리 잡지 기자로 일할 때 11월은 특집 잡기 애매한 달이었다. 10월은 가을의 한중간이고 할로윈이라는 빅 이벤트가 존재한다. 12월이면 온 세상이 반짝반짝 빛나면서 크리스마스를 즐긴다. 그런데 11월은?

미국에서는 11월이면 추수감사절 특집을 하지만 우리나라에는 없는 명절이다. 김장 시즌이기는 한데 11월마다 특집으로 다루기에는 새로운 내용을 매번 짜내기가 힘들다. 오죽하면 스타벅스에서 크리스마스 쿠폰을 모으는 다이어리 행사를 11월 1일부터 시작할까. 이벤트가 있어야 먹고사는 업계에서는 전반적으로 할로윈 대목이 지나가고 대대적으로 크리스마스를 맞이하기 전의 애매모호한 시기인 셈이다. 심심하고 고요하고 서늘하다.

아이러니하게도 바로 그 점이 11월을 사랑하게 만든다. 11월의 차가운 바람이 목 뒤를 쓸고 지나가면 항상 똑같은 순간이 떠오른다. 때는 고3 시절의 11월, 교과서 가득 든 무거운 가방을 메고 집 앞 골목길을 올라가고 있었다. 그런데, 순간 지독히도 외로운 기분이 들었다. 아무도 이 고독감과 외로움을 이해하지 못할 것 같은, 혼자 동떨어진 기분. 인간의 생애를 사계절에 빗댄다면 감정의 흥망성쇠를 모두 겪고 고요한 겨울로 접어드는 느낌. 그런데 딱 그 정도의 우울감과 고독감이 더없이 편안하게 느껴졌다. 비로소 나에게 맞는 자리를 찾은 듯했다.

사람마다 본인이 감당할 수 있는 행복의 정도가 있다고 한다. 항상 안정적인 플레이를 하는 운동선수가 올림픽 메달 결정전처럼 중요한 순간에 어이없는 실수를 할 때, 금메달을 거머쥐는 상상의 벅찬 행복이 중압감으로 작용해서 동작이 엇나가는 경우가 있다고. 김연아 전(前) 피겨스케이팅 선수의 대범함을 칭송하는 칼럼에서 읽었던 이야기로 기억한다. 진짜인지는 모르겠지만 관리직으로 진급하는 건 부담스럽다거나, 1등보다 적당히 눈에 띄지 않는 등수가 마음 편하다고 말하는 사람이 있는 것을 생각하면 납득할 만하다.

굳이 해석하자면 행복을 감당할 수 없다는 것은 '나한테 이렇게 좋은 일이 생길 리가 없어!'에 가깝다. 아니면 좋은 일이 생겼을 때 '인생은 새옹지마라는데 곧 나쁜 일이 생기지 않을까?' 하고 불안해한다거나. 굴러 들어오는 복도 걷어찰 것 같은 비관적인 마음으로 보인다는 건 이해하는데, 솔직히 그렇게 부정적인 자세는 아니라고 생각한다.

왜냐하면 나 역시 어느 정도 나쁜 예측이 실현되어야 차라리 안도하는 타입이니까. 그래, 이럴 줄 알았어. 이제 이거보다 나빠지지 않게 하려면 뭘 해야 하지? 적당한 수준의 나쁜 소식을 듣거나 겪으면 오히려 마음이 차분해지고, 이 상황을 개선하겠다는 의지가 생긴다. 그러고 나면 의외로 진취적으로 나아갈 수 있다. 그러니 아마 이 정도가 내가 편안한 수준의 행복일 것이다.

그래서 나에게는 11월이 상징적인 의미를 지닌다. 가장 편안하게 시간을 보낼 수 있는 달. 가장 나답게 있을 수 있는 달. 적당히 고요하고 차분하게, 하고 싶던 일들을 내 색깔대로 할 수 있는 달. 그래서 10월이 지나갈 즈음이면 마음이 울렁대기 시작한다. 이번 11월은 어떻게 보내지? 무슨 일을 꾸미지?

사실 11월은 새로운 작은 도전을 시작하기에 좋은 시기다. 직장인에게는 청천벽력일 이야기겠지만 우선 공휴일이 없어서 주중에 흐름이 끊기지 않고, 다 같이 작심삼일의 무언가를 시작할 시기가 아니어서 어딜 가더라도 '뉴비'로 붐비지 않는다. 한 일주일 도전하다가 실패하거나 그만두더라도, 실패 요인을 분석하고 새해 목표로 다시 해보지 뭐! 하고 희망을 품기에도 적절하다. 또 몸을 움직일 계획을 하더라도 덥거나 너무 춥지 않아서 나다니기 좋다.

바게트에 푹 빠지고 맞는 첫 11월. 드디어 발효종에 도전하기로 했다. 정말 큰 결심이었다. 육아를 시작하면서 당분간 인간 외의 생명체는 기르지 않기로 마음먹었단 말이다.

발효종은 빵의 역사다. 시골빵의 생명이자 식사빵의 이데아다. 안정적으로 쓸 수 있되 특유의 효모향을 남기는 인스턴트 이스트가 나오기 전까지 빵을 빵 부풀리는 역할을 하는 유일한 재료였다. 이걸로 빵을 만들면 천연발효빵이 된다. 밀가루(외에 다른 가루 사용 가능)와 물을 섞어서, 매일 조금씩 버리고 새로운 밀가루와 물을 첨가하면서 적당한 온도에 보관하면 일주일 후에 항상 보글보글 끓으면서 새콤하고 신선한 향이 나는 발효종이 된다…

된다고 한다. 나는 이 부분이 항상 의심스러웠다. 발효종은 이론상 매일 먹이(밀가루와 물)를 주면서 온도와 습도를 체크하며 '키워야' 하는 살아 있는 존재다. 어린 시절에 정말 좋아했던 동화책『초록색 엄지손가락의 티투』의 주인공 티투는 엄지손가락만 가져다 대면 어디서든 씨앗 없이 원하는 식물을 피워내는 아이였다. 그런 세계관이라면 아마 내 손가락은 까마귀처럼 어둡고 새까만 색이 아닐까? 내 손에 들어오는 식물은 백이면 백 족족 죽어 나간다. 과연 이런 내가 키워도 발효종이 탄생할까?

원래 새로운 도전은 쇼핑을 할 때가 제일 재미있다. 지금까지 번역한 제빵 관련 책들과 인터넷 요리 사이트의 정보를 다시 통독한 다음, 최초의 발효종이 가장 잘 만들어진다는 호밀가루와 밀폐되는 유리병을 구입했다. 그리고 계획을 꼼꼼하게 세웠다. 1일 차부터 5일 차까지는 반씩 버려가면서 매일 호밀가루와 물을 100g씩. 약 5~7일 후 좋은 냄새가 나는 발효종이 완성되면 빵 굽기 도전 가능. 하지만 나는 까만색 엄지손가락의 소유자니까 한 달간 삽질할 각오를 할 것.

그리고 시작한 1~3일 차까지의 발효종 워너비는 호밀가루와 물을 섞어놓은 찰흙 덩어리 같았다. 딱히 썩은 냄새도 그렇다고 좋은 냄새도 나지 않고, 부피가 크게 늘어나지도 않았다. 그러고 보면 11월은 뭔가를 발효시키기에 그다지 좋은 날씨는 아니다. 서늘한 탓에 두 배로 부풀기까지 평소보다 오랜 시간이 걸리는 것이다. 원인이 무엇이든 나의 발효종 워너비는 아직 생명을 얻은 것 같지는 않았다.

하지만 못 먹어도 고. 4일 차 되는 날, 작업실 바닥을 더듬어 고양이가 있었다면 반드시 뒹굴고 있었을 보일러 열선이 지나가는 곳에 발효종 워너비를 올려두었다. 우연히 그 옆에 우리 유튜브 채널의 카메라 감독이 조명을 설치했다. 사무실이 말 그대로 열기에 들뜬 날이었다.

그런데, 열심히 촬영을 끝내고 바닥을 내려다보니 발효종이 거의 세 배 이상으로 한껏 부풀어 올랐다가 가라앉은 참이 아닌가! 나는 촬영 중일 때보다 더 들떠서 환호했다. 내 발효종이 생명을 얻었어! 이제 워너비가 아니야! 발효종이야! 역시 따뜻한 날에 시작했어야 했나 봐!

생명을 얻은 발효종은 그다음 날부터, 비록 그 날만큼 활발하게 부풀지는 않았지만 먹이를 주면 두 배만큼 부글부글 부풀었다가 가라앉기를 반복하는 비교적 얌전해 보이는 아기 발효종이 되었다. 이제 빵 굽기에 도전해야 했으므로 발효종에 강도를 더하는 강력분을 호밀가루와 1:1 비율로 섞어서 힘을 기르기 시작했다. 놀랍게도 주관적으로 '좋다'고 느껴지는 살짝 새콤한 냄새가 났다. 나도 감으로 구분할 수밖에 없었는데, '먹어도 되는 것'의 냄새였다. 발효란 원래 그런 것이니까. 먹어도 되는 상태면 발효, 먹을 수 없는 상태면 부패다.

다만 이제는 발효종을 능숙하게 키우고 다룰 수 있게 된 나머지, 심하게 건강해진 발효종을 어떻게 계속 관리해야 할지 고민을 거듭하고 있다. 일주일에 두 번 정도 빵을 굽는 사람으로서 매일 밀가루

100g과 물 100ml를 먹이로 주는 것은 무리이기 때문이다. 발효종이 늘어나는 속도를 감당할 수 없다.

만나는 사람마다 발효종을 나눠주다가, 버리다가, 지퍼백에 담아 냉장고에 보관하면서 처리할 방법을 찾다가, 결국 온도를 낮추고 먹이를 주는 간격을 줄이는 실험을 시작했다. 겨우 생명을 얻은 발효종이 혹시라도 죽을까 봐 불안해하면서 냉장고에 넣었다가 빼서 상태를 보고 물 온도를 조절하며 먹이를 주는 것이다. 다행히 아직까지는 매번 터질 듯이 빵빵하게 부풀면서 아주 건강한 발효종으로 살아가고 있다. 지금 먹이를 주는 간격은 일주일에 한 번. 바게트를 자주 구울 때는 일주일에 두 번까지 준다.

11월의 도전을 시작하고 다시 맞은 봄. 새까만 엄지손가락으로는 불가능할 거라고 생각한 발효종을 키우며 천연발효빵을 굽는 사람이 되었다. 역시 뭐든지 냅다 시작해볼 일이다. 나의 11월, 올해는 무엇에 도전할 것인가.

자기 속도대로 크기

가훈이 없는 유자녀 가정에도 아이가 어린이집에 다니기 시작하면 가훈이 생긴다. 한 해에 한 번은 '우리 집 가훈 알아 오기' 같은 미션이 주어지기 때문이다.

가훈은 말하자면 부모의 육아 철학이 반영된 유의미한 문구 같은 것이라고 할 수 있다. 큰 꿈과 사명감을 갖고 아기를 낳기는 했는데 사실 육아라는 게 내가 생각하고 계획한 방향대로 흘러가지는 않는다. 끝없이 좌절하고, 돌발 상황에 그때그때 대처하고, 아무쪼록 내 선택이 틀리지 않기를 바라면서 부모가 되어가는 것이다.

지난가을, 드디어 어린이집에 다니기 시작한 우리집 원숭이(원숭이띠다. 이하 서진이.)의 첫 야외 행사가 있었다. 코로나19니 뭐니 해서 도무지 체험 활동을 시킬 수 없던 시간을 지나 다들 조심조심하면서 진행한 온 가족 마라톤이었다. 말이 마라톤이지, 규모는 3~6세 맞춤이라 '장애물 코스 빨리 통과하기' 같은 아기자기한 이벤트였다.

쓰레기를 주우면서 동네 뒷산을 완주하는 마라

톤 코스 미션 중에 '가훈 만들기'가 있었다. 미리 고지받았지만 당일까지 마음의 결정을 하지 못한 채로 행사에 참석했다가, 서진이가 그린 가족 그림 옆에 오랫동안 마음속에 품어왔던 문장을 적고 자리에서 일어섰다.

자기 속도대로 크기.

임신했을 때, 나와 남편도 외모에 대한 양심이 있으니까 우리의 아기가 당연히 예쁠 거라고 기대하지는 않았다. 우리 눈에는 예쁘겠지! 하고 생각했을 따름이다. 그런데 놀랍게도, 태어난 아기는 진짜로 너무나 예쁘고 귀여웠다. 콩깍지라도 할 수 없다.

그런데 돌 전부터 걷기 시작한 서진이는 세 돌이 지나도록 말문이 트이지 않았다. 매끈매끈한 구슬을 만지는 걸 좋아하고, 둥근 원반을 돌리는 걸 좋아하고, 음악을 틀고 혼자서 얼마든지 놀 수 있는 아이였지만 도무지 말을 할 생각이 없어 보였다. 눈 마주치는 걸 불편해하고, 같이 노는 데에는 흥미가 없고. 알아듣기는 많이 알아듣는 것 같은데 곧 말을 시작하지 않을까? 말을 할 수 있어야 안심하고 어린이집에 보내지 않을까?

수많은 고민과 재정적 협상 끝에 네 돌이 지나 언어치료를 시작한 다음에야 비로소 내 아이가 자폐라는 사실을 인정할 수 있었다. 아무리 주변에서 병원을 가보라고 종용해도 들은 척도 하지 않다가 막상 병원을 가기로 한 시점부터 걱정을 태산처럼 하는 스타일이 있다. 내가 딱 그렇다. 언젠가는 말을 하지 않을까, 나아지지 않을까 어렴풋이 생각만 하다가 치료센터와 병원을 다니기 시작하면서 오히려 폭풍 걱정을 하기 시작했다. 치료를 받아도 나아지지 않으면 어쩌지? 언제쯤 말을 할까? 언제쯤 친구들과 비슷해질까?

* * *

바게트를 만들 때 인스턴트 이스트를 이용하면 발효 속도와 결과물을 어느 정도 예측할 수 있다. 내 스케줄에 맞춰서 빵을 만들 수 있는 것이다. 계절과 날씨에 따라서 덜 부풀고 더 부푸는 날이 있지만 어쨌든 비슷한 시간에 비슷한 크기로 부푼다. 어쨌든 바게트가 되기는 된다.

하지만 발효종으로 반죽하기 시작하면서 나는 예측 가능성에 대한 기대를 버렸다. 애당초 지금까지 베이킹 파우더와 인스턴트 이스트 없이 베이킹을 해본 적이 없는데, 맨날 만지는 밀가루와 물로 이루어진 무언가를 실온에 가만히 내버려둔다고 해서 알아서 부풀 것이라는 믿음이 생기지 않았다. 베이킹 선배들이 알려준 먹이를 주는 주기와 비율에 맞춰서 키워가며 실패하지 않기만을 바랄 뿐.

그리고 처음 시도한 천연발효종 반죽은 정말로 혼돈의 카오스였다. 우선 다른 레시피보다 반죽이 너무 질었다. 발효종이 액상이라 당연한 일이었다. 아무리 치대도 매끈하게 자리 잡은 반죽이 될 것 같지 않았다. 반죽이라는 고비를 넘기고 1차 발효를 시도했지만 아무리 기다려도 부피가 커지지 않았다.

이 녀석, 손이 많이 가는군. 매일 공기 중의 습도와 온도가 다르고, 어제와 오늘의 발효종은 다른 존재인데. 발효종은 살아 숨 쉬고 있으니 내 스케줄에 맞춰서 다섯시에는 1차 발효가, 다음 날 아홉시에는 2차 발효가 끝나기를 주문할 수는 없는 일이었다. 그래, 퇴근 전에만 부풀어라. 널 안고 집에 갈 수는 없으니까. 하지만 나중에는 결국 반죽님을 끌어안고 같이 퇴근해 집에서 발효시키고 다음 날 오븐 트레이에 담은 채로 꽁꽁 포장해서 같이 출근하기도 했다. 굽고 싶은 사람이 맞춰야지 별도리가 있나.

그렇게 반죽을 더 오래 해보고, 반죽의 수분량을 낮춰보고, 사무실 바닥에서 가장 따뜻한 곳을 찾아보면서 천연발효종 빵을 만들던 어느 날, 탄력 넘치는 공 모양이 된 반죽을 부엌 작업대에 올려놓은 채로 잠시 자리를 비웠다 돌아왔다. 그런데 서진이가 작업대 의자 위에 올라서서 반죽을 만지고 있었다. 거기까지는 항상 있는 일이었는데 웬걸, 평소처럼 손가락으로 반죽을 쿡쿡 찌르고 손바닥으로 통통 내리치는 것이 아니라 방금 전의 나처럼 양손을 활짝 펴고 새끼손가락으로 반죽을 돌려가며 성형을 하고 있는 것이었다.

평소의 서진이는 세상 모든 것에 크게 관심이 없다. 아니, 그렇게 보인다. 말을 하지 않고 행동을 잘 따라 하지 않기 때문에 알 방법이 없다. 보통 아이들은 밥도 내가 먹고 옷도 내가 입겠다고 떼를 써서 골치가 아프다는데, 서진이는 밥을 먹이면 먹고 옷을 입히면 입는다. 그리고 다시 본인 관심사로 돌아가 혼자 논다. 아주 얌전한 것 같지만 사실 스스로 따라 할 의지가 없는 아이에게 뭔가를 가르치는 것은 아주 까다로운 일이다.

그런데 그런 서진이가 내가 얼마 전부터 새롭게 시도한 반죽하는 방법을 정확히 따라 하는 것이었다! (이 사소한 변화에 얼마나 감동했는지는 말로 다 설명이 어렵다.) 그래, 말은 안 해도 다 보고 있구나. 주변에 관심을 가지고는 있구나. 조금씩 무언가를 습득하고 있구나. 아직 매번 예측하기는 불가능하지만, 언젠가는 부풀고 빵이 되는 발효종 반죽처럼 우리집 아이도 천천히 커가고 있구나.

서진이가 세상에 적응할 수 있을 만큼만 천천히 따라와주기를. 그런 서진이를 우리 가족이 제때제때 도와줄 수 있기를. 재촉하지 않고 그 속도를 지켜볼 수 있기를. 모두가 제 속도에 맞춰서 자라날 수 있는 세상이기를.

내놔, 그 주도권 좀!

성공하는 방법은 여러 가지이지만 망하는 방법도 가지가지다. 바게트 굽기에 실패할 때마다 하는 생각이다. 어떤 날은 지쳐서 반죽을 덜한 탓에 코끼리를 삼킨 보아뱀 같은 모양이 되고, 어떤 날은 발효가 덜 되었는데 무작정 구워서 납작한 조약돌 형태가 되고, 어떤 날은 네 마음껏 발효해보라고 내버려두었다가 과발효가 되어서 퍼져버린다. 왜 중간이 없는가?

바게트를 굽는 긴 과정 중에서 내가 제일 어려워하는 부분은 바로 성형이다. 다른 빵, 특히 시골빵이나 작은 번을 구울 때는 망해봤자 둥근 모양은 나온다. 진짜 심하게 이건 모자인가 비행접시인가 싶은 모양이 나오더라도 어쨌든 빵은 빵이라 썰면 대충 예뻐 보인다.

하지만 바게트는, 100m 밖에서 파리지앵의 종이봉투나 자전거 바구니에 꽂혀 있는 것만으로도 알아볼 수 있는 길쭉한 모양에 칼집이 슥슥 들어간 것이 특징인데! 바게트 모양을 만들려면 우선 반죽을 직사각형 모양으로 적당히 다듬은 다음 접어서 이음매를 꼬집어가며 단단하게 여며야 한다. 글로 쓰면 이렇게 간단할 수가 없고 책에서 설명하는 그림이나 사진을 보면 내 마음은 이미 전문가가 따로 없다.

　　그런데 왜 반죽 성형만 하면 망할까. 레시피를 읽고 따라 하다 보면 말로는 설명이 힘든 부분이 있다. 예를 들어서 갖은 채소를 '작게 깍둑썬다'고 하면 0.5cm 크기로 브뤼누아즈(brunoise)●를 하는 사람도 있고 1.5cm 크기로 숭덩숭덩 써는 사람도 있다. 차라리 '1cm 크기로 깍둑썬다'라고 하면 미터법에 의해서 대충 레시피 작성자가 원하는 바가 전달될 텐데.

　　하지만 예를 들어, 스펀지 케이크를 만드는 방법 중 달걀흰자를 거품 내 머랭을 만든 다음 가루 재료 등을 넣고 거품이 꺼지지 않도록 '접듯이 섞어서' 반죽을 완성하는 별립법이 있다. 가루 재료를 넣고 나서 전체적으로 고르기는 하지만 거품이 최대한 꺼지지 않을 정도로 조심스러우면서도 자신감 넘치게

●　채소를 자르는 방법의 일종으로, 네모반듯하게 아주 작은 주 사위 모양으로 자르는 것.

반죽을 주걱으로 자르듯이 갈랐다가 접듯이 포개며 '적당히' 섞어야 한다. 그게 전부다.

하지만 이 '적당히'라는 부분이 사람마다 다른 것이다. 잘 섞여야 케이크가 고르게 나오잖아! 하면서 섞고 또 섞어서 납작쿵 케이크를 만들 수도 있고, 기포가 꺼질까 싶어서 정말 소심하게 섞은 탓에 허옇게 머랭인 채로 남은 부분이 생길 수도 있다. 기포가 꺼지는 것은 겁나지만 잘 섞이기는 해야 한다고 생각해서 너무 오래 접다가 호떡처럼 얇아지기도 한다. 요컨대 너무 과감해도 문제고 너무 소심해도 문제다. 누가 옆에 딱 붙어서 ○○ 씨는 조금 더 신속하게 움직이시고요, ○○ 씨는 조금만 살살 해보시겠어요? 하고 일대일로 코치해주면 얼마나 좋겠냐마는, 혼자서는 계속 해보면서 적당선을 감으로 익힐 수밖에.

반죽을 성형할 때의 나는 너무 소심해지는 것이 문제다. 알아도 고쳐지지 않으니 정말 환장할 노릇이다. 반죽이 바닥에 달라붙어서 죄다 찢어져버릴까 무서워 달래느라고 작업대에 덧가루를 넉넉하게 뿌린다. 그러면 어떻게 되는가? 직사각형으로 반죽을 다듬고 나서 바게트 모양으로 만들려고 하면, 덧가루가 이미 한 층을 이루고 있어서 반죽이 서로 달라붙지 않는다. 따로 노는 위아래의 반죽을 어떻게든 붙이려면 최대한 세게 꼬집어야 하는데 혹시라도 반죽이 잘못될까 힘을 쓰지 못한다. 그러니까 애지중지 발효시킨 반죽을 어떻게든 바게트 모양으로 만들어보겠다고 어화둥둥 꼬집… 꼬, 꼬집… 하면서 억지로 모양을 잡는다. 그리고 이 정도면 2차 발효 중에 어떻게든 될지도 몰라! 하면서 현실을 외면한 채로 발효에 들어가는 것이다.

콩 심은 데 콩 나고 팥 심은 데 팥 난다고, 바게트가 아닌 모양의 반죽을 2차 발효를 시킨다고 바게트가 될 리 없다. 덧가루 층은 분리되지, 제대로 여미질 못해서 이음매는 활짝 벌어지지, 애초에 성형을 탱탱하게 하지 않으면 잘 부풀지도 않고 칼집이 예쁘게 벌어지지도 않는다.

왜 이렇게 반죽에 손 대기가 무서울까? 왜 반죽한테 질질 끌려다닐까? 생각해보면 내가 후회하는 대부분의 실수는 이런 식이다. 원고 교열을 하다가 뭔가 어색한 부분을 발견했지만 다들 생각이 있으니까 이렇게 놔둔 거겠지 싶어서 넘어갔다가 문제가 된다든가. 뭔가 아귀가 맞지 않게 일이 진행되는 것 같은데 괜히 두 번 물어봤다가 불쾌해할지도 모르니까 알아서 잘하겠지 하고 내버려뒀다가 역시 문제가 된다든가. 그때 물어볼걸! 확인할걸!

사실 내가 귀찮았던 거잖아. 소심한 것과 귀찮은 것은 한 끗 차이이고 그 한 끗이 프로를 만드는 게 아닌가? 나는 프로라고 할 수 있나? 반죽을 성형하는 그 순간에도 사실 알고 있었다. 이번에도 망했다는 것을. 왜 나는 덧가루를 또 빵 하나를 구울 수 있을 만큼 뿌렸지? 아니, 반만 뿌렸더니 영 불안했단 말이다. 인간은 왜 같은 실수를 반복하는가. 차라리 한 번은 소심했다가 한 번은 과감했다가 하면 가운데 지점이라도 찾아갈 수 있을 텐데.

아니야, 나는 반죽에게서 주도권을 빼앗아 올 필요가 있다.

아니 근데, 바게트도 진정하고 나한테 주도권을

좀 넘겨주어야 한다. 애초에 내가 성형을 못해서 막대기도 아니고 치아바타에 가까운 '네 멋대로'의 모양이 되면 바게트로 승화하지 못하는 것이 아닌가? 네가 바게트로서의 정체성을 갖추려면 나한테 양보를 좀 해야 하는 거 아니냔 말이다, 이 자식아?

하긴, 내가 싸우고 있는 이 반죽은 스스로를 바게트가 아니라 이탈리안 클래식 브레드라든가 샌드위치 번이라고 생각할지도 모른다. 휴, 그렇다면 내가 이 반죽의 진로를 멋대로 결정해도 되는 것일까…. 하지만 내가 집어넣은 원료가 있고 진행한 과정이 있는데… 너는 바게트가 되는 것이 가장 행복할 텐데… 우리 아이가 나이 들어서 뚱딴지 같은 진로를 선택하겠다고 하면 나는 기쁘게 지원할 수 있을까….

오늘도 이렇게 반죽을 하면서 생각은 산으로 간다. 영국에는 빵을 만들면서 마음을 다스리는 빵 명상 클래스도 있다고 하는데 나는 애초에 글러먹은 것일지도 모른다. 일상의 모든 것에서 의미를 찾으려고 하지 말자. 바게트에 내 인생을 맡기지 말자. 바게트에 끌려다니지 말자. 하지만 성형을 망치면 맛은 바게트와 똑같을지언정 그것이 바게트가 되지는 않지. 대체 아름다운 바게트는 언제쯤 내 오븐에서 완성되어줄까. 내놔, 그 주도권 좀!

냉장고 속 빵태계

"당신이 무엇을 먹는지 알려주면 당신이 어떤 사람인지 말해주겠다."

프랑스의 정치가이자 미식가 브리야 사바랭이 남긴 명언이다. 너무 익숙해서 진부해질 지경이 된 말이다.

유튜브에 흔히 올라오는 '왓츠인마이백(What's in My Bag)'도 같은 맥락이지 않을까? 누군가의 가방 속을 들여다보면 최근 행적부터 기본적인 성격, 어쩌면 현재의 심리 상태까지 어느 정도 파악할 수 있다. 마찬가지로 냉장고를 열어보면 그 집의 식탁 스타일을 알아낼 수 있다. (와, 동시에 끔찍한 기분이다. 누군가 내 정리되지 않은 냉장고를 느닷없이 열어보는 일은 절대로 없기를 바란다.)

그렇다면 피클과 각종 햄, 치즈만 들어 있는 냉장고를 보면 뭘 먹고 사는 사람 같을까? 누가 봐도 일상적으로 한식을 즐겨 먹거나 즐겨 먹을 수 있는 사람은 아니다. 누구의 냉장고인가 하면, 발효종을 키우면서 일주일에 두 번씩 묵직한 수제 빵을 굽고 있는 내 사무실의 냉장고다.

물론 저것만 들어 있지는 않다. 지난가을에 만

든 바닐라 밤조림도 시럽째로 한 병 남아 있고, 올리브 오일과 허브에 절인 올리브와 버섯도 있고, 햄도 프로슈토와 모르타델라와 하몽 등 종류별로 차곡차곡 쌓아두었다. 치즈 역시 리코타 치즈와 부라타 치즈 같은 생치즈부터 샤미도르, 미몰레트, 고다처럼 취향에 맞는 슬라이스 치즈, 갈아 쓸 수 있는 그뤼에르와 파르미지아노 덩어리 치즈에 이르기까지 다양하다. 허브로는 바질과 딜, 와일드 루콜라가 있고 냉장고 문 안쪽에는 마요네즈와 디종 머스터드, 바질 페스토가 얌전히 자리 잡고 있다. 테이블 위에는 사과와 레몬, 찬장에는 스팸과 참치 캔이 있다. 지도로 그릴 수도 있을 것 같다. 여기는 발효종이 자라고 있는 곳, 저기는 빵 도마와 빵 칼을 두는 곳. 그야말로 '빵님'만 들어오시면 완성되는 빵태계 사무실이다.

원래 생태계는 자연의 섭리에 따라서 생겨나고 굴러가기 마련인 것. 처음부터 바게트만 먹을 작정으로 저 모든 물건을 구비한 것은 아니다. 그냥 빵을 계속 굽고, 구운 빵을 맛있게 먹어치우려고 애쓰다 보니 빵태계가 갖추어졌다. 밥을 맛있게 자주 먹으려면 밥에 어울리는 재료가 냉장고에 있어야 하는 것과 같다. 바게트를 즐겁게 먹으려면, 언제든 굽자마자 편하게 냠냠 먹으려면 미리미리 준비를 해놔야 한다! 빵을 일상적으로 먹기 힘들다면 먼저 주변부터 체크해야 한다. 우리 집은 빵님이 머물기 편안한 환경인가? 갓 구운 신선한 시기부터 말라 비틀어져서 죽은 빵 되살리기에 돌입해야 하는 시기까지 아늑하게 지내실 수 있게 만반의 준비를 해야 하는 것이다.

생각해보자. 갓 구워서 신선할 때는 그냥 먹기만 해도 좋지만, 따끈한 빵에 가염 버터를 반쯤 녹이고 반은 형태가 남아 있도록 발라서 베어 물면 담백한 속살과 짭짤한 소금기, 버터의 기름기가 어우러져서 막 탄생한 빵을 찬양하게 된다. 솔직히 아직 식지도 않은 빵에는 가염 버터나 무염 버터에 아작아작 씹히는 플레이크 소금만 한 조합이 없다고 본다. 갓 지은 밥에 간장과 버터만 비벼서 먹어도 맛있는 것과 비슷하다.

그리고 한 김 식은 후 말랑쫀득한 질감을 즐기면서 먹을 때는 유난히 단백질이 잘 어울린다. 이럴 때 찬장에서 참치 캔을 꺼내는 것이다. 다진 피클에 다진 딜과 파슬리, 머스터드와 마요네즈를 섞으면 순식간에 참치 스프레드가 완성된다. 레몬이 있으면 레몬 제스트와 레몬 즙도 넣어서 섞는다. 향기롭기가 그지없어서 굽지 않은 신선한 빵 속살과 잘 어울린다.

아끼는 후배가 사무실에 놀러 왔을 때는 이틀 전부터 양념에 재웠다가 오븐에 구운 돼지고기 차슈를 얇게 썰어서 소스를 섞은 마요네즈, 생강, 고수와 함께 당일에 갓 구운 말랑말랑한 빵에 얹어서 먹었다. 이건 진심 스팸을 얹은 쌀밥에 비유할 만하다. 간장의 신비한 매력이 호밀 발효종 빵의 살짝 새콤하고 고소한 풍미와 잘 어울린다. 고기가 빵을 얼마든지 먹을 수 있게 하는지, 빵이 고기를 얼마든지 먹을 수 있게 하는지 구분이 되지 않지만 셋이서 큼직한 빵 한 덩어리를 순식간에 먹어치웠다.

그리고 하루가 지나 아직 속살은 말랑하지만 겉은 살짝 질깃해진 바게트와 만났다면? 내가 생각하는 빵과 잼이 조우해야 마땅한 순간이 이때다. 바게트를 빈 팬 또는 토스터에 살짝 노릇하게 구워서 잼과 버터와 땅콩버터와 처트니와 하여튼 냉장고 안에 들어 있는 모든 스프레드를 꺼내서 발라 먹는다. 리코타 치즈에 다진 마늘과 레몬 제스트, 레몬 즙, 소금, 후추를 잔뜩 넣고 섞어서 바르면 최고다. 여기에는 햄, 저민 아보카도, 달걀 프라이, 잘 익은 토마토, 와일드 루콜라, 구운 파프리카와 구운 애호박, 마늘 콩피 등 어울리지 않는 재료가 없다. 자유롭게 잼 샌드위치와 식사용 샌드위치를 만들어 먹는 순간이다. 오늘은 사과와 바질, 브리 치즈. 내일은 루콜라와 모르타델라, 샤미도르 치즈.

그리고 반드시 설탕이 아작아작 씹히는, 제일 좋아하는 허니 땅콩버터를 두껍게 바르고 좋아하는 잼을 얹어서 디저트로 먹는다. 최애 잼은 패딩턴이 되고 싶을 정도로 좋아하는 오렌지 마멀레이드인데, 같은 감귤류 맥락인 레몬 커드도 없어서 못 먹는다. 하지만 아이가 좋아한다는 핑계로 농장에 가서 5kg씩 따 온 딸기의 달콤한 향기를 집 안에 풍기면서 만든 수제 잼이 있다면 어떨까? 나에게 가장 '프랑스적'인 기분이 들게 하는 씨 없는 라즈베리 잼이 있다면? 과육에서 즙만 짜내 펙틴(pectin)•을 넣고 졸여 썰어 먹는 수제 젤리가 있다면? 요거트에 얹으면 최고인 블루베리 잼과 크림치즈가 함께 존재하는 필연적인 순간과 조우했다면? 아, 내가 당뇨에 걸리지 않기 위해 하체 웨이트를 한다고 이야기했던가?

그러니까 내가 딱히 '요리'를 하지 않고도 바게트를 마음 편하게 맛있게 먹으려면 빵태계가 갖춰진 냉장고가 필요한 것이다. 그리고 지금 내 사무실은 바로 그런 상태다. 갓 구운 바게트님과 그걸 구운 내가 가장 행복하게 시간을 보낼 수 있도록 만반의 준비를 갖춘 곳.

자, 본인의 냉장고를 열어보자. 나는 평소 뭘 먹는 사람인가? 우리 집 냉장고는 밥님이 좋아할 세상인가, 빵님이 좋아할 세상인가? 그리고 저에게 말해주세요. 당신이 어떤 사람인지 말해드릴게요.

• 사과나 레몬 등의 과일에 특히 많이 들어 있는 천연겔화 성분. 추출해서 가루로 만든 제품을 이용해 잼을 걸쭉하게 만드는 용도로 쓴다.

죽은 빵을 살리는 세 가지 방법

죽은 빵도 살린다는 토스터가 있다. (광고 아님.) 우리 집에도 있다. 일반 오븐에 스팀 기능을 더했을 뿐인데 상술에 놀아난다고 하는 사람도 있지만, 일단 3분 뒤에 공중으로 툭 튀어 오르는 토스터에는 스팀을 가할 수가 없고, 빵 하나 데우겠다고 오븐을 켜기는 아깝다고 하는 사람도 있다. 하지만 얘는 그냥 토스트 모드에 치즈 토스트 모드, 바게트 모드, 크루아상 모드까지 갖추고 있고 모두 불이 켜지는 간격이 미묘하게 다르다. 별다른 차이가 없겠지 싶어서 바게트 모드로 버터 토스트를 구웠다가 태워먹은 적이 있어서 안다. 얘는 빵에 대해 뭔가를 알고 있다! 그리고 예쁘다. (중요!)

하지만 집에서 바게트를 굽기 시작하면서, 나는 죽은 빵을 살린다는 개념 자체에 대한 희망을 잃었다. 빵이 최상의 순간일 때 얼마나 맛있는지 알아버렸기 때문이다. 그 이후로는 무슨 짓을 해도, 다르게 맛있을 수는 있지만 바게트를 다시 살릴 수는 없다. 그 맛은 돌아오지 않아. 아, 슬프다.

갓 구운 빵을 찬미하는 말이 많이 있지만 빵이 가장 맛있는 순간은 오븐에서 막 꺼냈을 때가 아니다. 온도가 최고로 올라간 그 순간부터 완전히 식을 때까지 빵 속에는 풍미 분자가 계속해서 만들어진다. 그러니까 말 그대로 막 꺼냈을 때보다 완전히 식었을 때 물리적으로 '빵 맛이 더 있는' 것이다. 하지만 빵의 질감은 온도가 따뜻할 때 더 매력적이다. 다시 말해, 갓 만들어진 빵은 일단 한번 완전히 식힌 다음 다시 살짝 데웠을 때 가장 맛있다.

하지만 오븐에서 막 꺼낸 바게트를 뜯어 먹는 것은 본능의 문제다. 사람이 동물적 사냥 본능을 발휘하는 순간에 가깝다고 본다. 막 굳은 용암처럼 뜨거울 때가 아니라 손바닥을 대고 잠시 가만히 있을 수 있을 정도로 따끈따끈하게 식었을 때 탕탕 두드려보면 껍질은 바삭바삭하고, 체온보다 조금 높게 따뜻한 속살은 야들야들하다. 정말이지 이걸 거부할 수 있는 사람은 많지 않을 것이다.

이런 따뜻한 빵, 그리고 식었다가 조금 뒤에 다시 살짝 데운 빵을 먹어보고 나면 빵이 '살아 있다'의 기준을 굉장히 엄격하게 잡게 된다. 충분히 호화된 전분의 풍미와 질감의 조화라니… 이건 죽은 후에 다시 데운다고 되돌릴 수 있는 영역이 아닌 것이다. 지금까지 먹었던 수많은 빵 맛집의 바게트가 눈앞을 스쳐 지나가는 순간이다. 분명히 그 빵도 내가 먹었던 것보다 더 맛있는 순간이 있었을 것이고, 더 맛있게 데우는 방법이 있었을 것이다. 가끔 빵집에 가면 '바게트 맛있게 먹는 법'을 적은 종이를 계산대 앞에 붙여두거나 바게트와 함께 봉투에 담아주는 경우가 있다. 그 모든 제빵사는 실로 안타까웠을 것이다. 이 맛있는 빵을, 살아 있을 때 제일 맛있게 먹으면 좋겠는데!

집에서 구운 빵이든 사 온 빵이든, 가장 맛있게 먹으려면 절대 냉장고에 넣지 않아야 한다. 신선한 빵 껍질의 바삭바삭함이 사라지고 빵 향기가 옅어지면서 속살은 질겨지는 현상을 빵이 '노화한다'고 하는데, 이 노화 현상은 냉장 온도에서 가장 빠르게 진행된다. 그러니 오랫동안 맛있게 먹으려면 실온에 보관해야 한다. 나는 주로 빵이 제일 맛있을 때 최대한 먹은 다음 단면이 아래로 오도록 종이봉투에 담아서 식탁에 올려둔다. 기가 막히게 평평하게 썰었을 때는 그대로 단면이 아래로 오도록 나무 도마에 세워서 종이봉투를 씌워둘 때도 있다. 약간 과시하는 느낌이 들어서 볼 때마다 재밌으니까.

사실 빵은 한 김 식은 후에 적당한 크기로 썰어서 잘 싼 다음 냉동 보관하다가 먹을 때 오븐에서 구우면 그나마 갓 구운 상태와 가장 비슷하게 되살아난다. 하지만 다른 음식의 냄새가 밸 수도 있고 부드러운 느낌이 잘 살아나지는 않는 데다가 결정적으로 나의 냉동실은 블랙홀과 같아서 일단 뭐가 들어가면 '냉장고 파먹기 시즌'을 시작하지 않는 이상 잘 나오지 않는다는 것이 함정.

그리고 집에서 바게트 만드는 연습을 하면 자주 굽는 만큼 많이 남기 때문에 냉동 보관하기 시작하면 한도 끝도 없다. 대신 최대한 소비하는 사이클을 만드는 수밖에! 자주 구우면 갓 구운 맛있는 바게트를 먹을 수 있는 날이 늘어나니까. 아쉬워하지 않고 죽은 빵을 살리는 방법을 모으는 쪽이 정신 건강에 좋을 것이다. 어쨌거나 죽은 빵도 빵이니까. 만약 집에 남은 바게트가 있다면?

프렌치 토스트

프렌치 토스트는 어쩌면 이름도 '프렌치' 토스트일까. 수분을 잘 흡수할 정도로 바짝 마른 빵을 달걀물에 적셔서 굽는 프렌치 토스트는 프랑스에서는 '잃어버린 빵(pain perdu)'이라고 부른다. 잘 만든 프렌치 토스트를 먹어보면 빵은 어디 가고 이토록 부드러운 푸딩만 남았는가 싶으니 잘 지은 이름이다. 사실 달걀물의 주재료인 달걀, 우유 또는 크림, 설탕은 그대로 커스터드 크림의 재료이기도 하니까 브레드 푸딩이 맞는 셈이다.

달걀물을 쫙 빨아들일 수 있을 정도로 하루이틀 묵어 마른 빵을 설탕을 넣은 달걀물에 한참 동안 푹 담근 다음, 버터와 올리브 오일을 같이 넣은 팬에서 노릇노릇하게 살짝 부풀어 오를 때까지 천천히 굽는다. 설탕을 덜 넣고 달지 않게 만드는 방법도 있지만 나는 바게트처럼 달지 않은 빵도, 브리오슈처럼 달고 진한 빵도 일단 프렌치 토스트로 만들 때는 달콤한 것이 좋다. 메이플 시럽도 뿌린다.

맛있는 프렌치 토스트를 만드는 포인트는 총 세

가지다. 우선 달걀물을 만들 때 달걀과 설탕을 충분히 휘저은 다음 우유나 크림을 부어서 노른자나 흰자가 덩어리째 굳는 부분이 없도록 할 것. 그리고 빵이 달걀물을 충분히 흡수할 수 있도록 생각보다 오랫동안 담가둘 것. 빵의 두께에 따라 담그는 시간은 달라지는데, 일본의 모 호텔에서는 24시간을 재운다고도 한다. 다 구운 프렌치 토스트를 한입 베어 물었는데 미처 달걀물이 배지 않은 생 속살이 씹히는 것은 그다지 기분 좋은 경험이 아니다.

마지막으로 중약불과 약불을 오가면서 천천히 시간을 들여 노릇노릇하게 구울 것. 센불에서 구우면 순식간에 노릇노릇해지면서 겉은 타지만 속은 아직 날달걀인 상태가 된다. 뒤집개를 들고 멍하니 기다릴 자신이 없다면 아예 파운드 케이크 틀 같은 베이킹 틀에 빵을 차곡차곡 담고 달걀물을 부어서 충분히 재운 다음 오븐에서 오랫동안 굽는 쪽이 낫다. 기억하자. 우리는 지금 빵 '푸딩'을 만드는 것이다.

빵 수프

빵을 수프에 넣는 방법에는 세 가지가 있는데, 우선 갓 구운 바게트를 손으로 푸슬푸슬 뜯어서 수프에 찍듯이, 담그듯이 먹는 것이다. 내가 좋아하는 그 어떤 수프도 갓 구운 바게트가 어울리지 않는 것이 없다. 바삭바삭한 껍질이 살짝 쫀득해지면서 수프와 어우러지는 순간… 나 왜 지금 바게트 없죠? (하지만 이건 죽은 빵을 살리는 방법은 아니다.)

두 번째로는 수프를 만들면서 점도를 더하고 싶을 때 묵은 빵을 넣어서 같이 가는 방법이 있다. 감자 같은 전분 채소가 없어도 쉽게 걸쭉한 수프를 만들 수 있다. 토스카나에서는 토마토 수프에 묵은 빵을 넣어서 걸쭉하게 만들고, 스페인에서는 마늘과 파프리카 가루로 만든 수프에 묵은 빵과 수란을 넣어서 먹기도 한다. 국물에 푹 담글 거지만 살짝 노릇노릇하게 구워서 넣으면 훨씬 풍미가 좋다.

마지막으로 대망의 수프 그라탱이 있다. 주로 전통 파리식 양파 수프로 등장하는 수프 오 그라탱(soupe au gratin)은 크림 수프보다 맑은 국물 수프로 만드는 것이 훨씬 맛있다. 양파 수프를 만들려면 수 없이 많은 양파를 눈물 흘리며 채 썬 다음 두 시간에 걸쳐서 볶아 캐러멜화하는 과정이 필요하지만, 솔직 히 그럴 만한 가치가 있는 맛이라고 생각한다.

토란국이나 탕국 같은 느낌의 식사용 수프로 만 들어도 상관없다. 나는 주로 소고기와 토마토를 넣 은 채소 수프를 뭉근하게 끓인 다음 오븐용 그릇에 담고, 묵은 바게트를 잘라서 윗면에 꽉 차게 얹고, 그뤼에르 치즈를 잔뜩 갈아 올려서 오븐에 잠깐 넣 어 노릇노릇하게 굽는다. 치즈가 녹아내린 빵 윗면 과, 수프를 잔뜩 머금어 녹진해진 아랫면의 조합이 매력적이다. 소박한 시골풍 채소 수프지만 근사한 레스토랑 요리처럼 보인다는 장점이 있다.

크루통과 빵가루

묵은 빵으로 만들기 제일 쉬운 메뉴가 아닐까? 묵은 바게트가 있다면 적당한 크기로 깍둑썬 후 올 리브 오일이랑 다진 마늘, 다진 허브(파슬리나 타임),

소금, 후추에 버무려서 오븐에 노릇하게 굽는다. 이렇게 만든 크루통은 수프에 넣어도 좋고 샐러드에 넣어도 아작아작 씹혀서 맛있다.

빵가루는 빵을 곱게 간 것이다. 믹서에 드르륵 갈아버리면 된다. 주로 튀김옷으로 쓰는데, 개인적으로 파스타에 뿌려 먹는 것이 가장 맛있다. 팬에 버터를 녹인 다음 빵가루와 다진 마늘, 다진 허브, 레드 페퍼 플레이크, 소금, 후추를 넣고 골고루 노릇노릇해지도록 볶는다. 이걸 파르메산 치즈와 함께 파스타에 뿌리면 밋밋한 파스타도 아주 흥미로운 맛을 낸다. 맨밥에 뿌려 먹는 후리가케 같은 존재다. 조금 짭짤하게 만들어보자. 알리오 올리오, 크림 파스타 등 종류를 가리지 않는다. 바삭바삭, 고소고소.

단순함의 미학, 잠봉뵈르

이름에서 당당하게 정체성을 드러내는 샌드위치에는 부정할 수 없는 매력이 있다. 베이컨과 양상추와 토마토의 앞 글자를 딴 BLT 샌드위치, 땅콩버터와 잼을 바른 PB&J 샌드위치, 치즈를 넣고 구운 녹진녹진한 그릴 치즈 샌드위치, 영국식 티타임에 등장하는 산뜻한 오이 샌드위치. 바게트로 만드는 샌드위치 중에도 이렇게 당당한 타이틀을 가진 녀석이 있다. 바로 '잠봉뵈르'다.

프랑스어로 잠봉(jambon)은 햄, 뵈르(beurre)는 버터라는 뜻이니까 잠봉뵈르는 말 그대로 '햄 버터 샌드위치'인 셈이다. 즉, 바게트를 반으로 갈라서 안에 버터를 바르고 얇게 썬 햄을 차곡차곡 채우면 끝인 샌드위치다. 이름을 붙일 것까지도 없을 만큼 심심해 보이지만 2018년 BBC의 한 기사에 따르면 '프랑스인이 가장 좋아하는 샌드위치이자 하루 300만 개 이상 팔리는 메뉴'라고 한다.

잠봉뵈르의 포인트는 바게트의 단순함을 최대한으로 살린다는 데 있다. 바게트는 언뜻 담백함이 매력인 듯하지만 사실 단순한 풍미의 콘트라스트가 강하게 느껴지는 빵이다. 촉촉하고 말랑말랑하면서 기공이 큼직해 손으로 뜯으며 누르면 순식간에 납작해지는 속살과, 바삭바삭하지만 딱딱하거나 단단하지 않아 부스러지면서 사방으로 흩어지는 껍질 질감의 조화. 벌어진 칼집과 뾰족한 끄트머리까지 연한 모래색에서 황갈색, 짙은 갈색으로 변화하는 그라데이션만큼이나 옅고 짙은 고소함을 느끼게 하는 껍질의 풍성한 향기. 단순한 빵에서 느낄 수 있는 풍미만 놓고 본다면 이보다 더 화려할 수 없는 맛을 전부 보여준다. 오히려 버터와 햄 이상의 재료를 이것저것 넣으면 과하지 않을까 싶을 정도다.

애초에 이렇게 단순한 샌드위치는 각 재료의 맛이 최상이라는 전제하에 맛있을 수 있다. 오이 샌드위치만 봐도 별것 없어 보이지만 맛있게 만들려면 생각보다 손이 많이 간다. 우선 부드러운 식빵을 준비해 섬세한 오이의 풍미를 방해하지 않을 정도로만 버터나 허브를 섞은 크림치즈를 펴 바른다. 오이는 얇게 저민 다음 미리 소금에 살짝 절여서 물기를 제거해야 샌드위치가 축축해지지 않는다.

잠봉뵈르도 마찬가지다. 아직 질겨지지 않아 바삭바삭 씹히는 바게트 속에 여러 겹으로 접어 두껍게 끼운 부드러운 햄, 신선한 우유 향이 느껴지는 버터를 무심한 듯 척척 쌓아서 만들어야 한다. 정말이지 완전한 자신감의 발로가 아닐 수 없다. 가장 맛있는 바게트에 가장 신선한 버터를 바르고 가장 풍미 짙고 부드러운 햄을 끼웠다는 자신감.

이왕 이야기한 김에 더 말하자면, 바게트는 샌드위치에 대한 나의 인식도 송두리째 바꿔버렸다. 영화 〈아가씨〉의 대사를 빌려 말하자면 '내 샌드위치 인생을 망치러 온 나의 구원자'다. 예전에는 맛있는 샌드위치가 먹고 싶으면 속재료만 준비하면 된다고 생각했지만, 이제는 맛있는 빵부터 굽고 싶어졌기 때문이다.

나는 원래 샌드위치의 주인공은 속재료라고 생각했다. 그게 너무 당연해서 그렇게 생각하고 있다는 사실을 인지하지도 못했을 정도다. 달걀 샌드위치, 참치 샌드위치, 돈가스 샌드위치처럼 아예 속재료가 이름인 샌드위치는 물론 파스트라미*를 잔뜩

---

* 지방이 많지 않은 양지머리 등의 부위로 만든 훈연 가공육.

넣은 루벤 샌드위치, 얇은 불고깃감 소고기에 양파와 치즈 등을 함께 볶은 것을 넣은 필리 치즈 스테이크 샌드위치까지. 그러니까 어떤 샌드위치를 먹을지 결정할 때 관건은 속재료이고, 빵은 그 재료를 내 입까지 이동시켜주는 수단인 셈이었다. 애초에 샌드위치 백작이 카드게임을 하면서 쉽게 먹을 수 있도록 만든 음식이라고 하니까 어떻게 보면 정체성에 충실한 해석이라고 할 수 있다.

물론 속재료와 빵의 궁합은 중요하다. 딱딱하고 질긴 음식을 선호하지 않는 나의 최애 샌드위치용 빵은 부드러운 소프트번 종류다. 어린 시절 엄마가 돼지 안심을 저며서 튀긴 자그마한 돈가스를 모닝빵에 넣어 만들어주던 미니 버거나 채 썬 채소 샐러드를 듬뿍 넣은 사라다빵 같은 스타일 말이다. 기본 식빵도 빼놓을 수 없다. 말랑한 식빵에 달콤한 연유 크림을 발라서 햄과 치즈를 끼웠을 뿐인 단순한 구성인데 순식간에 먹어치우게 되는 홍루이젠의 샌드위치나 달걀 부침에 햄, 치즈, 과일 잼, 해시브라운 등 온갖 재료를 넣은 우리나라의 길거리 토스트도 정말 좋아한다. 어떤 재료를 넣어도 맛을 방해하지 않는 마일드한 맛과 부드러운 질감이라니.

그 자체로 맛있는 바게트는 당연히 샌드위치로 만들어도 맛있다. 맛있는 거 옆에 맛있는 거. 집에서 바게트나 비슷한 계열의 하드롤*을 구우면, 일단 만질 수 있을 정도로 식기를 기다렸다가 그대로 또는 버터나 크림치즈를 발라서 먹어치운다. 그리고 맛있는 빵에 대한 욕구가 조금 진정되면 차분해진 정신 상태로 지극히 잠봉뵈르에 가까운 형태의 샌드위치를 만드는 것이다.

우선 바삭바삭한 껍질을 위에서 가볍게 누른 상태로 빵 칼을 이용해 가로로 슥슥 자른다. 그리고 가진 것 중에 가장 신선하고 맛있는 버터를 듬뿍 슥슥 바른다. 평소 요리할 때는 꼭 무염 버터를 사용하지만 빵과 함께 먹을 때는 가염 버터를 선호하는 편이다. 특유의 짭짤함이 빵의 감칠맛을 끌어올려주는 그 느낌을 포기할 수 없어! 그리고 버터는 살짝 차가

---

* 겉껍질이 바삭바삭한 것이 특징인 계열의 빵. 독일의 카이저 롤이 대표적이다.

운 덩어리가 남아 있는 쪽을 선호한다. 신선한 풍미를 지닌 버터의 존재감이 강하게 느껴지기 때문이다. 수분이 빵에 흡수되지 않게 하는 용도라면 적당량만 부드럽게 펴 바르겠지만 잠봉뵈르에서는 뵈르, 그러니까 버터의 맛도 제대로 느껴지는 것이 좋다. 그리고 얇게 저민 프랑스식 햄을 원하는 만큼 켜켜이 얹는다.

여기까지만 해도 잠봉뵈르는 완성된 셈이다. 하지만 인생에는 다양한 선택지가 있는 편이 재미있으니까 그때그때 먹고 싶은 재료를 추가한다. 흑후추를 갈아서 뿌리거나, 허브나 마늘을 섞은 크림치즈를 다른 쪽 면에 펴 바르거나, 맵싸한 향이 매력적인 와일드 루콜라를 더하거나, 맛이 너무 강하지 않은 슬라이스 천연 치즈를 얹는다. 비닐에 싸여 있는 사각형 프로세스 치즈가 아니라 천연 치즈를 넣어야 한다. 여기에 따끈한 크림 수프나 토마토 채소 수프를 한 그릇 곁들이면 농가에서 운영하는 B&B에서 건강하고 소박하지만 맛있는 아침을 먹고 있는 기분이 든다. 내가 음식에 선사할 수 있는 최상의 수식어 중 하나다.

아무래도 내일은 무조건 바게트 샌드위치를 먹어야 할 것 같은데, 지금부터 반죽하면 시간을 맞출 수 있을까? 정 안 되면 바게트 원정이라도 떠나야겠다.

마들렌 프루스트, 타르틴 프루스트

나에게는 매년 작년의 내가 올해의 나에게 물려주던 새해 목표가 있었다. 아니, 있다. 올해까지도 물려받았기 때문이다. 바로 소설 『잃어버린 시간을 찾아서』 완독하기다.

『잃어버린 시간을 찾아서』는 프랑스 작가 마르셀 프루스트가 장장 14년에 걸쳐서 집필해 1927년에 완간된 대하소설이다. 양장본으로 새롭게 출간된 민음사 판은 무려 총 열세 권, 5,716쪽에 이른다. 내가 왜 5년째 새해 목표를 달성하지 못했는지 대충 이해될 것이다. 쓰는 데 14년 걸렸다고 하니 5년 동안 완독하지 못하고 있는 것도 나쁘지 않은 듯한 기분이 든다.

이 유명한 소설을 완독하고 싶어진 건 우연히 간략한 발췌본을 보고 나서 아름다운 묘사와 서정적인 분위기에 매료되었기 때문이다. 그런데 막상 읽기 시작하니 앞부분이 복병이었다. 이 부분만큼은 『잃어버린 시간을 찾아서』의 첫 원고를 받고 출간 거절 의사를 표했다는 한 편집자의 의견에 완전히 동의한다. 아직 성인인지 아이인지 정확히 알 수 없는 화자가 침대에서 눈을 뜨고 정신을 차려서 일어나기까지 한 30페이지 정도 걸린다. 정말로. 무슨 생각이 그렇게 많아요… 그냥 벌떡 일어나… 미라클 모닝의 기본을 모르십니까? 물론 화자가 신경증이 있고 예민하고 건강이 좋지 않다는 점을 고려하면 이해되는 부분이긴 하다. 새벽이든 아침이든 눈을 떴을 때 몸이 무거우면 일어나지 못하고 많은 생각에 빠지기 마련이니까.

아무튼 화자가 자신의 침실을 회상하는 부분에 매번 걸려 넘어지면서 '이걸 완독해야 하는데.' '읽어야 하는데.'를 반복한 게 올해로 5년째에 접어든 것이다. 이대로는 안 돼, 지금까지 안(못) 읽었으면 특단의 조치가 필요해. 안 그러면 10년이고 20년이고 영영 마음의 짐으로 남을 거야.

그래서 작년 연말부터 『잃어버린 시간을 찾아서』 독서 모임을 열었다. 규칙은 매주 본인이 정한 만큼의 분량을 읽고 마음에 드는 부분을 필사해 인증하는 것. 솔직히 책은 좋아하지만 독서 모임은 참여도 운영도 처음이라, 같이 읽으면 그게 '독서' '모임'일 것이라며 막무가내로 SNS에서 호객 행위를 했다. 유명한 장편소설이라면 무릇 나처럼 읽고는 싶지만 엄두가 나지 않는 사람이 한 명은 있지 않을까 막연히 생각했는데, 예상보다 많은 인원이 모였다! 우리의 모임 이름은 바로 '마들렌 프루스트'. 지금은 온라인으로만 진행하지만 어느 정도 읽고 나면 마들렌과 홍차를 주야장천 나눠 먹는 오프라인 모임도 열 생각이다.

　그래서 독서 모임의 효과가 어땠는가 하면, 굉장히 만족스러웠다. 지켜보는 사람이 있다고 생각하니 일단 스마트폰을 내려놓고 책을 집어 들게 되었다. 무엇보다 나와 비슷한 속도로 책을 읽는 사람들과 함께 읽은 부분에 대해 이야기를 나누는 행위가 매우 충만한 기분이 들게 했다. 물론 원문이 뛰어난 것이 큰 역할을 했다. 본격적으로 읽어보니 마르셀 프루스트는 단순히 풍경의 묘사꾼이 아니라, 우리와 가까운 일상의 한 부분의 본질을 뚜렷하게 잡아내서 미처 깨닫지 못한 감정까지 내 것처럼 풀어내는 작가였다. 차에 적신 프티트 마들렌을 먹는 그 유명한 장면이 생각보다 빠르게 1권의 앞부분에 등장하는데, 그 순간이 지나면 갑자기 흑백영화에서 컬

러영화의 시대로 넘어가듯이 책장이 술술 넘어간다. 마들렌 한 조각으로 모든 추억이 되살아나는 순간은 마치 소설이 아니라 찻잔에서 장장 열세 권에 달하는 인생 스토리가 피어오르는 것을 영상으로 보기라도 한 것처럼 생동감 넘치는 묘사로 구성되어 있다. 한 단톡방에 옹기종기 모인 우리는 뛰어난 묘사력에 대한 감탄을 공유하면서 생각보다 읽기 수월한 책이라는 이야기를 풀어놓았다. 바로 그때, 원래 트위터 친구였던 C가 의문을 표한 것이다.

"근데 왜 부드러운 마들렌을 굳이 홍차에 찍어 먹지? 부스러지지 않나? 당시의 마들렌은 퍼석퍼석 했나?"

…그러게요? 마들렌과 피낭시에처럼 이른바 구움과자류는 홍차나 커피와 워낙 잘 어울리니까 폭 적셔서 먹는 걸 이상하게 여길 겨를도 없었다. 하지만 생각해보면 조금 이상한 일이다. 질기거나 단단한 음식도 아니고 포슬포슬하게 구운 마들렌이라면 차에 잠깐만 담가도 완전히 분해될 텐데. 그렇다고 수분을 잘 흡수하는 스펀지 같은 종류의 빵도 아니

다. 왜지? C의 의문에 발동이 걸린 나는 미친 듯이 검색하기 시작했다.

그러면서 알게 된 사실은 화자가 프티트 마들 렌을 찍어 먹은 차는 '보리수차'인데, 영어권에서는 이걸 라임꽃차(lime blossom tea)라고 부른다는 것이 었다. 어쩐지 소설에서 '죽은 잎과 시든 꽃잎을 맛볼 수 있는 끓는 차'라고 하더라. 라임꽃이라니 감귤류 의 그 라임인가 싶었는데 그건 또 아니고 독일어로 는 린덴바움(lindenbaum), 영어로는 린덴 나무(linden tree), 한글로는 서양보리수나무라고 불리는 나무로, 사진을 찾아보니 하얗고 가느다란 꽃송이에 꿀처럼 노란 꽃술이 매달려 있었다. 로맨틱해! 재미있어! 『알프스 소녀 하이디』에 나오는 하얀 빵이 무슨 빵 인지 궁금해하던 시절에 느끼던 재미다. 그때는 구 글 검색이 없었지. 아무튼.

그렇게 찾아보다 펭귄북스의 영국 홈페이지에 서 충격적인 기사를 접했다. 『잃어버린 시간을 찾아 서』 초고에 실린 유명한 회상의 계기가 된 음식은 사실, 타르틴(tartine)이었다는 것이다!

나는 타르틴이라는 음식을 한 프랑스 셰프의 에세이를 통해 처음 접했다. 샌프란시스코의 유명한 베이커리인 그 타르틴이 아니라 프랑스에서 먹는 타르틴은 오픈 샌드위치처럼 빵에 잼과 스프레드 등을 곁들여 먹는 것이라고 한다. 메리엄 웹스터 사전에 따르면 '버터와 주로 잼, 프리저브를 바른 빵 조각'이 바로 타르틴이다. 책에서 본 타르틴도 그와 비슷했다. 빵을 길게 잘라서 구운 다음 잼과 버터를 바른다. 커다란 잔에 넘치도록 담은 라테를 곁들여서 아침의 여유를 즐기며 먹는다. 파리의 고전적인 카페에서 제공하는 타르틴도 빵에 버터와 잼을 함께 낸다고 한다.

　　이때 내 머릿속에 떠오른 빵은 처음부터 끝까지 바게트였다. 바삭바삭한 바게트를 길게 반으로 잘라서 고소한 껍질과 부드러운 속살의 조화를 잼과 함께 즐기는 것. 빵 한 입, 커피 한 모금. 소박해서 더더욱 재료의 질이 중요해 보이는 모습이 너무나 매력적이었다. 그래서인지 지금도 식빵을 썬 것은 '토스트', 바게트나 시골빵을 썬 것은 '타르틴'으로 인식한다.

그러니까 소설 속 화자가 지난 세월의 추억을 떠올리는 계기였던 메뉴가 사실 마들렌이 아니라 타르틴이었다는 것이다. 그렇다면 차에 찍어서 먹는 일련의 과정도 납득이 간다. 소박하면서도 단순하고 순수한 풍미를 담고 있는 오후의 한입짜리 간식이었을 것이다. 부유층이었던 화자로서는 나이가 한참 든 어느 날 어머니가 건네기 전까지는 딱히 먹을 일이 없던 음식이었을 수도 있겠다. 처음 먹은 계기도 콩브레 집의 레오니 아주머니가 보리수차에 담가서 먹으라고 준 것이었으니까. 어쩌면 빵을 구운 지 하루가 지나서 차에 담가야만 먹을 수 있는 상태이지는 않았을까? 아니, 바게트든 시골빵이든 소화력이 좋지 않았던 아주머니가 먹기에는 갓 구운 빵이라도 차에 담가 부드러워진 것이 나았을 수도 있겠다.

타르틴. 바게트 한 조각을 자르고 그것에 새로운 이름을 붙이는 순간 이 얼마나 매력적인 메뉴가 되는지. 어린 화자가 아침마다 갓 구운 바게트를 사오는 심부름을 했을까? 주방 하녀가 두서넛 있는 집이었으니 그럴 것 같지는 않다. 창밖으로 지나다니는 사람들에게 지대한 관심이 있었던 아주머니는 보리수차에 담가 먹던 타르틴에 어떤 잼을 발랐을까?

물론 타르틴을 더욱 매력적이고 공감하기 쉬운 프티트 마들렌으로 바꾸기를 권했던 당시 편집자의 결정은 신의 한 수였다고 생각한다. 조가비 모양에 부드러운 버터 향이 퍼지는 달콤한 오후의 간식. 아이들이 좋아하고 나이 든 화자도 오랜만에 먹었을 법한 과자. 전 세계의 모두가 쉽게 로망을 가지고 두근거림을 느낄 디저트.

하지만 파리의 바게트를 맛보고 그 순수한 매력에 푹 빠지게 된 나로서는 타르틴이 전 세계관을 좌우하는 원래의 초고는 어떠했을지 궁금하고 또 아쉽기도 하다. 다음에 만드는 바게트는 꼭 내가 생각하는 타르틴 모양으로 잘라서 잼을 발라 먹어야지. 그리고 꽃잎이 가득 들어간 허브티를 우려서 바게트를 폭 담가 껍질이 부들부들해지도록 기다릴 것이다. 제대로 된 바게트 껍질을 입에 넣는 순간 바게트를 옆구리에 끼고 다니던 발걸음으로 기억하는 파리의 거리, 건너편 건물 옥탑방에서 담배를 피우는 여인을 보던 파리의 호텔방 풍경이 떠오를 것이다. 화자의 기억 속에 맛과 향으로 남아 있는 콩브레처럼.

캠핑장에서도 못 잃어

나무의 소중함을 느끼려면 캠핑장에 가면 된다.

초등학생 때부터 빨강머리 앤이 사랑한 그린 게이블스 집 앞의 스노우퀸 나무와 요정의 숲을 동경했지만, 정작 나는 도시를 떠나서 살아본 적이 한순간도 없다. 그러니 완전한 숲속의 자연이 아닌 일상 가까이에 있는 나무의 효용에 대해 생각해본 것도 가로수와 조경수가 전부다.

간판이 보이는 것도 중요하겠지만 저렇게 가로수를 벌거숭이처럼 잘라놓으면 한여름에 길거리를 돌아다니는 사람들은 어떡하라고? 미관상으로도 엉망진창이지 않나? 저 아파트촌은 건물만큼이나 비싸 보이는 소나무와 배롱나무를 장엄하게 심어놨군. 우리 동네 골목에는 계절을 느낄 수 있는 곳이 군데군데 있지. 저쪽 편의점 앞에는 초봄이면 목련이 피고, 시장 가는 길에서는 5월이면 라일락 향이 진하게 퍼지고, 어린이집 앞 주택에는 겨울이면 로즈힙이 영롱하게 익어가고…. 뭐, 이런 정도다.

그러다 캠핑카를 사고 캠핑을 다니기 시작하면

서 비로소 아낌없이 주는 나무의 활약상을 체득할 수 있었다. 일단 캠핑장에서는 나무가 도시에서보다 더욱 간절한 그늘 역할을 해준다. 이상하게 한겨울에도 가만히 앉아서 내리쬐는 햇볕을 그대로 받고 있으면 서서히 정신이 혼미해진다. 더더군다나 캠핑장에서는 아침에 뜨는 해부터 저녁에 지는 해까지 시시각각 달라지는 햇볕의 각도를 되도록 전부 막아야 하기 때문에, 나무가 적당한 간격으로 울창하게 자라주어야 쾌적하게 시간을 보낼 수 있다.

한 팀이 머무는 공간의 단위를 뜻하는 '사이트'를 구분하는 역할도 나무가 하는 경우가 많다. 바닥에 밧줄로 선을 쳐놓은 곳도 있지만, 입구와 사이트 사이사이에 곧게 뻗은 나무들이 다툼의 여지 없는 공간 구분 역할을 하고, 사이트 번호도 나뭇가지나 줄기에 매달려 있곤 한다.

이렇게 사이사이 나무가 있으면 캠퍼들은 저마다의 노하우로 나무를 활용한다. 나뭇가지에 마치 버섯 말리는 대형 망처럼 생긴 설거지망을 걸어놓고 그릇의 물기를 제거하는 사람. 이 나무와 저 나무 사이에 멋지게 해먹을 걸어놓고 휴양지에 온 듯한 망중한을 즐기는 사람. 빨랫줄을 걸어서 개울가에서 신나게 뛰어놀고 돌아온 아이들의 옷가지를 말리는 사람.

또한 낭만과 로망을 선사하는 역할은 물론이다. 아침 바람에 산들산들 흔들리는 푸른 나뭇잎. 봄이면 벚꽃이 피어나고, 가을이면 코펠 위에 우연히 내려앉은 단풍잎에도 가슴이 설렌다. 늦가을에 비라도 내리면 붉은 단풍잎이 파쇄석이 보이지 않을 정도로 카펫처럼 깔린다. 밤나무가 가득한 캠핑장에서는 자고 일어나면 캠핑카 근처로 잘 익은 밤과 밤송이가 후드득 떨어져 있다. 그럴 때 나는 누구보다 빨리 일어나서 조용히 경쟁심을 발휘하며 우리 사이트에 떨어진 밤을 모조리 줍는다. 그리고 포일에 싸서 장작불에 타닥타닥 굽는다.

그렇다. 장작! 캠핑의 꽃은 살아 있는 불꽃. 자연 보호를 위해 모닥불 피우는 것을 금지하는 곳도 있지만, 대부분의 캠핑장에서는 장작을 한 묶음에 만 원 정도에 판매한다. 저녁 어스름이 깔리면 신묘한 형태로 장작을 쌓아 아이들과 캠프파이어를 시작하는 집, 어른들끼리 둘러앉아 조용히 술을 마시며 불멍을 즐기는 집, 화수분처럼 쉴 새 없이 나오는 식재료를 계속 장작불에 구워 먹는 집(나는 주로 이쪽을 담당한다.)까지 다양한 모습을 구경할 수 있다. 바짝 말라 운명을 달리한 후에도 효용이 있는 것이 아낌없이 주는 나무의 모습이다.

우리 가족이 캠핑을 시작한 시기는 여름이라 처음에는 매번 장작불을 피워야 할 필요를 느끼지 못했다. 요리할 때 잠시 가스불을 켜기만 해도 더웠으니까. 그런데 10월 중순이 넘어가자 해만 지면 순식간에 한기가 들었다. 캠핑장의 겨울은 그만큼 빨랐다. 저녁만 되면 불멍 삼아 장작불을 피우고 그 옆에서 숯불 피우는 법을 연습하며 어엿한 캠퍼가 되기 위해 노력하다 찾아온 11월. 우리는 고심해서 고른 첫 화목 난로를 들였다.

나에게는 인생 첫 난로였다. 가끔 이모네에 놀러 갔을 때 연탄 난로를 본 적이 있을 뿐, 내가 직접 난로를 사용해본 것은 처음이었다. 난로에 연통을 착착 조립하고 고체연료와 장작을 넣은 다음 주둥이가 길쭉한 라이터로 고체연료에 불을 붙이면 알아서 활활 타오른다. 가끔 상태를 살피고 장작이 많이 사라졌으면 보충해주기만 하면 된다. 꺼지면 다시 붙이면 되고.

처음 써보는 스테인리스 스틸 난로는 생각보다 엄청 뜨거워서 손가락과 손등 옆면을 데었다. 플리스 후드티의 손목 부분도 멋지게 태워 먹었다. 그래도 좋았다. 요리를 위해 부탄가스를 켜면 요리가 끝나는 순간 불도 끈다. 하지만 화목 난로는 처음부터 난방을 위해 켜는 것이라 저렴한 가격에 오랫동안 뜨거운 온도가 유지된다. 『늑대를 요리하는 법』이라는 책에는 요리하기 위해 오븐을 켠 김에 잔열로 만들 수 있는 음식에 대한 언급이 계속해서 등장한다. 화목 난로를 보고 있으면 드는 생각이 바로 그것이다. 요리하기 위해서 불을 켜는 것이 아니라, 불을 켠 김에 요리를 한다. 뜨거운 열원이 눈앞에 있으니 이걸 활용해야겠다는 생각이 계속 치고 올라온다.

그래서 나는 오랫동안 불에 올려 천천히 조리하는 렌틸콩 달 커리를 만들고, 주전자를 올려 와인을 콸콸 붓고 오렌지와 시나몬 스틱을 넣어서 뱅쇼를

끓이고, 초콜릿을 녹이고 흑맥주를 부어 핫초콜릿을 마셨다. 이 불에 뭔가를 만들겠다는 핑계로 난로 옆을 떠나지 않고 장작불을 지켜봤다. 그리고 나의 로망을 실현시킬 수 있을지 곰곰이 따져보다가 캠핑카라 해도 예외 없이 나의 주방에 늘 있는 재료, 밀가루를 꺼냈다. 그리고 요구르트와 이스트, 물, 소금을 넣고 반죽하기 시작했다. 한 시간이 지나고 발효된 반죽을 적당히 뜯어서 손으로 얇게 늘려 길쭉한 사각형 모양 철판에 기름을 바르고 얹었다. 버터를 올리고 화목 난로의 문을 연 다음, 안정적인 형태로 정리해둔 불타는 장작 위에 철판을 얹고 빠르게 문을 닫았다.

그리고 30초를 셌다. 이게 되나? 되면 좋겠다. 30초 후 화목 난로의 문을 열고 철판을 꺼냈다. (이 모든 과정은 아주 두꺼운 오븐 장갑을 끼고 진행했다.) 그러자 군데군데 거뭇하게 그을린 완벽한 모양의 난이 보였다. 성공이다! 빵이 된다! 녹은 버터를 두르고 다진 파슬리를 뿌려서 달 커리를 얹어 먹어봤다. 쫀득하고 고소해!

좋아, 이제부터 캠핑 빵을 시작한다! 사실 캠핑

카 출고를 기다리며 캠핑 요리 아이템을 구비하면서 캠핑장에서 굽는 빵에 대한 기록도 열심히 찾아봤다. 스타우브 더치 오븐으로 굽는 무반죽 빵, 웬 나뭇가지에 돌돌 말아서 직화로 굽는 캠프파이어 빵, 프라이팬 빵에 플랫브레드까지. 그중에는 당연히 바게트가 있었다. 애초에 화목 난로에 딱 들어가는 크기의 길쭉한 철판이 왜 있었겠냐고. 난로의 온도가 너무 높은 것이 고민이었는데, 다양한 선택지를 고려하면서 정확한 환경을 체크하기 위해 적외선 온도계를 구입했다. 피자 화덕의 온도가 400~500도라지? 요리 실험에 있어서는 항상 그렇지만, 나는 지금 캠핑장에서 장작불에 바게트 굽는 방법을 찾는 데 매우 진심이다.

자연에서 요리하는 데에는 특별한 매력이 있다. 날것인 불, 통제되지 않는 불로 하는 요리. 날씨가 추우면 이소가스의 불꽃이 계속 약해지는데, 흔들면 순간순간 다시 불꽃이 강해진다. 집에서 사용하는 가스불이나 오븐처럼 원하는 만큼 안정적으로 불 세기를 조절하기가 불가능하지는 않지만 용이하지도 않다. 요리가 완성될 때까지 계속 상태를 체크하고 임기응변으로 상황을 컨트롤해야 한다. 요리하는 사람의 감각과 경험이 더욱 중요해지는 타이밍이다.

말하자면 모든 계량과 온도를 정확하게 기록한 아주 정교한 수학 공식 같은 레시피와, 몸에 완전히 밴 음식을 만드는 과정에 대해 물 흐르듯이 쓴 에세이 같은 차이가 있다. 물론 푸드 에디터로서 나의 기본 스탠스는 둘 다 할 줄 알아야 한다는 것이다. 누군가에게 가르치려면 전통 바게트의 완벽한 비율을 '제빵사의 백분율'을 이용해서 정리할 줄도 알아야 하고, 습한 날과 건조한 날에 반죽의 반응이 어떻게 달라지고 발효 시간을 어떻게 조절해야 하는지도 경험으로 터득해 설명할 줄 알아야 한다.

그리고 캠핑 요리는 어쩔 수 없이 '영감을 주는 에세이' 영역에 가까워진다. 내가 지금까지 배운 내용을 적용시키려고 해도, 직접 다양하게 경험해보는 순간이 절대적으로 필요한 것이다. 매일 부는 바람의 세기와 그날그날의 기온도 다르고, 지금까지 쓰던 오븐 및 도구와도 너무나 환경이 다르니까.

'날것 상태의 불에 빵을 굽는다'라. 난로 안이 아

니라 위에 철판을 얹고 바게트를 구우려면 무엇으로 열을 지켜야 할까? 무쇠 냄비는 오븐과 얼마나 비슷한 환경을 구축해줄 수 있을까? 아침에 캠핑장으로 가서 저녁에 바게트를 먹으려면 언제 반죽을 시작하면 될까? 마지막에 잠시 숯불에 구우면 향이 달라질까? 자주 굽는 반죽의 3분의 1 정도로 계량해도 똑같은 빵이 나올까? 버거 번과 핫도그 번을 직접 구우면 어떨까? 이왕이면 소시지까지 만들면?

농담이 아니라 요리 커리어를 시작한 이래 제일 신난다. 캠핑장에서 바게트 굽기에 성공하는 순간, 비로소 모든 것을 이루었다고 해도 좋을 것 같다. 캠핑장에서 장작불로 갓 구운 바게트에 갓 만든 잼을 바르고 모카 포트로 커피를 내려 마시는 모습, 제가 보여드립니다. 그리고 알려드립니다. 저와 함께 구워요, 캠핑 빵.

024   바게트

근 손실은 곧 빵 손실이니까

1판 1쇄 찍음 2023년 9월 27일   지은이 정연주
1판 1쇄 펴냄 2023년 10월 4일

편집 황유라 김지향 정예슬
교정교열 안강휘
디자인 김혜수 박연미
일러스트 렐리시
미술 이미화 김낙훈 한나은
마케팅 정대용 허진호 김채훈 홍수현 이지원 이지혜 이호정
홍보 이시윤 윤영우
저작권 남유선 김다정 송지영
제작 임지헌 김한수 임수아 권순택
관리 박경희 김도희 김지현

펴낸이 박상준
펴낸곳 세미콜론
출판등록 1997. 3. 24. (제16-1444호)
06027 서울특별시 강남구 도산대로1길 62
대표전화 515-2000
팩시밀리 515-2007
편집부 517-4263
팩시밀리 515-2329

ISBN
979-11-92908-55-7 03810

세미콜론은 민음사 출판그룹의
만화·예술·라이프스타일 브랜드입니다.
www.semicolon.co.kr

트위터 semicolon_books
인스타그램 semicolon.books
페이스북 SemicolonBooks
유튜브 세미콜론TV